菩提系列散文
之十

有情菩提

林清玄

著

作家出版社

（京权）图字：01-2017-3112

图书在版编目（CIP）数据

有情菩提 / 林清玄著 .—北京：作家出版社，2017.11
（林清玄菩提系列散文）
ISBN 978-7-5063-9457-4

Ⅰ.①有… Ⅱ.①林… Ⅲ.①散文集—中国—当代 Ⅳ.① I267

中国版本图书馆 CIP 数据核字（2017）第 079911 号

本著作物经厦门墨客知识产权代理有限公司，由九歌出版社有限公司授权作家出版社，在中国大陆出版、发行中文简体字版本。

有情菩提

作　　者：林清玄
责任编辑：省登宇
助理编辑：张文剑
装帧设计：粉粉猫
出版发行：作家出版社
社　　址：北京农展馆南里 10 号　　邮　　编：100125
电话传真：86-10-65930756（出版发行部）
　　　　　86-10-65004079（总编室）
　　　　　86-10-65015116（邮购部）
E-mail:zuojia @ zuojia.net.cn
http://www.haozuojia.com（作家在线）
印　　刷：中煤（北京）印务有限公司
成品尺寸：142×210
字　　数：140 千
印　　张：5.75
版　　次：2017 年 11 月第 1 版
印　　次：2017 年 11 月第 1 次印刷
ISBN 978-7-5063-9457-4
定　　价：35.00 元

目 录
CONTENTS

自 序

——"菩提系列"以"有情"做句点

1

我曾经在我的文章里，写过一首童年时唱的日本歌谣，歌词已经忘记了，大意是：

> 黄昏时红蜻蜓飞来飞去
>
> 我的姐姐十五岁时就嫁出去了
>
> 从此我们再也没有她的消息
>
> ……

这篇文章后来收到《拈花菩提》中，出版过了很久，突然接到一封从日本名古屋寄来的邮简，是一封没有署名的信，里面附了一首歌和一张卡片。

歌正是我写的《红蜻蜓》：

彩霞绚烂满天

红蜻蜓正艳

自在林间飞舞罢

又停枝头间

保姆身世本凄凉

十五嫁他乡

春耕夏耘无消息

愿她平安无恙

　　卡片是以青山为背景，前景是开满红花的村间小路，一位少女背着婴儿漫步在小路上。

　　收到这封邮简，我才惊觉到记忆是多么不可依赖，我一向自以为记忆力一等，没想到却把一首悠远动人的童歌，记成前面那样俗气的句子。

　　童年的时候，我的母亲喜欢唱歌，常教我们她在小时候学到的童谣，这些童谣原是日语，母亲把它译成闽南语教我们唱，在这方面，我的母亲似乎有一些文学的才华，可惜没有得到开发。我读小学的时候，母亲还有读《文艺春秋》的嗜好，后来由于母亲太操劳了，《文艺春秋》又很昂贵，就停阅了。我当时偶尔会去翻看那非常厚重的《文艺春秋》，在三十年前的乡下，我们对日本的情感既纠葛又复杂，但当时我就对日本人每个月能出版一本这么厚的文学杂志而有一点敬佩之情。

中国的文艺春秋，到底在哪里呢？

由《红蜻蜓》想到这些琐事，实在令人心酸。

来自名古屋这封未署名的邮简，使我怅然良久，我很感谢这位细心的读者，想写封信向他道谢，竟不知要寄往何方，心情像雨后的红蜻蜓，在空中飞来飞去。

2

在我写作"菩提系列"的几年来，类似这样值得感谢的读者很多，有时会有细心的读者来信指正我书中的错误，有的读者写信来与我讨论生活的观点，有的读者写信向我倾诉生命的感怀，有的读者告诉我，他们在情感与困苦中心里的彷徨……不管是什么样的信，我总是以一种敬谨而感恩的心情捧读来函，就像读着老朋友的来信。

我把读者当成是我的朋友，我也相信读者是把我当成朋友的，有的读者寄全家福的照片我，也有读者寄结婚照给我做纪念，甚至有读者结婚时，找我去当证婚人；有读者请我为他刚往生的长辈写纪念文；有读者请我为他新开的餐厅命名、写请帖。每年七月的毕业季节，许多读者不约而同寄毕业照给我做纪念；每年的教师节，许多从未谋面的读者寄卡片给我；每年的新年，很多人寄卡片给我贺年。我收到这些珍贵的信件、卡片、照片时，心里总感到泫然而有水意，我何德何能有这么多好朋友关心我、祝福我？也想到在这广大的人间，有许许多多的人，我们没有见过面，却能互相关怀、思念、祝福，有着崇高纯净的友谊，若不是在遥远的前世，我们曾有过善缘，哪里能有这样的情谊？

忆念的心永存，感谢的心永存，人间的情缘与祝愿也会永存的吧！

"菩提系列"写到现在正好十本，是我从前刚开始写作《紫色菩提》时完全没有想到的，若从佛法不可说、不可思议的观点看来，这十本"菩提"实在是"卑之无甚高论"，只是一个学佛的人沿着生活的轨迹前进，信手记录生命体验的一些笔记而已，它比起浩如瀚海的佛经，实是沧海中的一粟，比起法师大德那些庄严而深刻的佛学著作，则有如飞舞在花间的蝴蝶，只是随意吸取生活与佛学的花蜜罢了。

因此我最感恩的是读者，他们的支持、鼓励与关爱，乃使得我在挫折与困顿的思想生活中，有勇气提出一点小小的心情。

3

时常有人问起"菩提系列"写作的缘起，也有人推测我写这一系列的动机与目的，其实，"菩提系列"可以说是很自然诞生的。

记得多年前，我时常到寺庙里去做早晚课、诵经、拜谶，看到许多寺庙的角落里都会堆着一些所谓的"善书"，都是虔诚的佛教徒发心印赠的，由于纸张和印刷都很粗劣，字体未曾编排，经典没有拣择，根本没有人爱看，甚至连去取阅的欲念都没有，以至于大部分的善书都是尘灰满布，几年都没有人去动过。有一次还看见寺庙里正在把善书焚毁，问起寺里的师父，说是已经放了几年，又不能随意毁弃，只好烧了。

我心中非常地感慨，像佛经这么好的智慧，古代的大德往往要步行千里，到寺庙的藏经阁才有缘得见，理应是现代人都乐于亲近才是，竟要遭到尘灰与焚毁的命运，是不是有一些方法，可以让人喜欢佛法、亲近佛法呢？

"菩提系列"的第一本《紫色菩提》便是在这种心情下开始写作的。

在那个时候，佛教文章要刊登都是不容易的，虽然有许多佛教的杂志，但是都偏重于佛经的再解释，很少登载生活的东西，在不得已的情况下，我把《紫色菩提》的稿件交给大同公司的刊物《大同半月刊》，以及天主教办的《益世杂志》发表。真的没想到刊出后大受欢迎，报纸杂志纷纷邀稿，才写成早期的几本"菩提"。

我现在每次想到，"菩提系列"一开始是刊登在天主教团，由神父修女办的杂志，就不禁莞尔。

在结集成书的时候，幸得九歌出版社的蔡文甫先生支持，才得以顺利出书，记得当时蔡先生也稍有疑虑，问我说："写这些佛教的文章会有人看吗？"由于我们有多年良好的合作关系，他才为我出版了"菩提系列"，书出版以后的热烈情况，实在大出蔡先生和我的意料，后来甚至被《中国时报》选为"四三十年来最畅销及最有影响的书"。

"菩提系列"出到第三集的时候，出版社的朋友常开玩笑地对我说："'菩提'的热潮很快就会过了，成龙、蓝波的电影顶多也拍到续集，'菩提'可以支持多久呢？"

事实证明，菩提是一个永远开发不尽的题材，只是我开始时就预计写十本，才在这时候以"有情"作结，那是因为"十"正好是一个满数，对我自己而言，是一个阶段的完成。

4

"菩提系列"的写作，并不是依照传统佛教的方式，而是另辟蹊径。

佛教的教义是人间最无上、最圆满的教法，这是毫无疑问的，但是传统的宣讲佛教的大德，却由于保守，使无上圆满的教法上背了许多包袱，逐渐使人印象中的佛教成为禁欲的、痛苦的、消极的、避世的、无助于人生实情的代称。这与我所认识的佛法，是追求完美、有理想怀抱、有济世热情、有浪漫情怀；能净化心灵的、能转化烦恼的、能解脱痛苦的、能超越生死的佛法，是有多么大的不同呀！

我所信奉的佛法，并不是为了要切断我们的生命体验，或斩断我们与生活的关系而存在的。相反的，我所信奉的佛法，是为了加深我们生命的体验，使我们与生活的关系变得更和谐与圆满。佛法，乃是为了处于痛苦生活、烦恼情爱、动荡生命的人而存在的；佛教是为了使我们的生命更广大、更清净、更圆满而设教的。

因此，我的"菩提系列"从生活、生命、情爱、感受、观照来出发，可能在基本立论与观点上，与传统印象中的佛教大为不同，但我深信对现代人来说，这样的立论与观点是更能受用、更有利益的。

有时在反省思维之际，也会担心是不是合于佛法的知见，因此在写作"菩提系列"这几年的时间，我每天平均阅读三个小时的佛经，并且到各地去拜师、参访善知识，不断地思维、辩证，与请教，来修正自己的知见，当然，也时常去听经，聆听大德们的教法，所以"菩提系列"不是我一人所见，是吸收了佛经及法师的教导而发展出来的。

写作"菩提系列"期间，我最感谢忏云师父、圣严师父，他们不但在口头上支持我、写信鼓励我，还在精神上引导我，忏云师父叫我到"大专学生斋戒学会"去授课，圣严法师叫我到"中华佛学研究所"去演讲，使我在为知见彷徨的时候，得到有力的支持，增加了无畏的勇气。

除此之外，有许多的师父给我鼓励，请我到佛学院、寺庙去讲课，请我在佛教杂志上写专栏，也都鼓舞了我。我想"菩提系列"在基本知见上应该是合乎佛法的，至少我在知见上是戒慎尽力的；至于境界的问题，我只是凡夫，只能说和大家一起去看看佛法的风光，那到底是不是本地的风光，我也无能为力了。

在佛教信仰的态度上，我以三宝为依归，以法为光、以自为光，尽一切力量护一切法、护一切师，希望佛法成为二十一世纪现代人终极的依归。

5

"菩提系列"出版后，可能由于畅销，大家都更能思考到众生的需要，因此这几年来，造成禅佛教书籍的出版热潮，在民间的出版社，每个月都有佛教的书籍出版，都受到读者的喜爱。

圣严师父、证严师父、星云师父的书也成为出版界热门的书，甚至成为畅销书，比起从前那些尘封于寺院角落的善书，真是不可同日而语了。

喜欢佛学书籍畅销的人，把禅佛教的出版热潮归功于我；不喜欢佛学书籍畅销的人，把这种热潮归咎于我。

不论功过，我一向都不予辩解，只是私下感到汗颜，"菩提系列"何德何能，真的可以主导风潮吗？

实情不是如此，这是由于众生的需要，一切难心所现，不是佛教书籍的风潮主导了众生，而是众生对生命安顿的追求与渴望，使佛法的甘露得以遍洒。

有这么多佛教书籍出版，印刷愈来愈精美，内容愈来愈能启发我们，有更多的法师居士投入佛法的写作，我每次一想到就非常开心，这是佛法盛行于世间的新气象，思及被弃置于寺庙角落的经书那寂寞的画面，简直让我"欢喜踊跃、作礼而去"了，也祈愿众生能"深入经藏、智慧如海"，"依教本行、不违圣教"！

6

　　把第十本菩提，名为《有情菩提》，那是我觉得佛弟子虽然要提炼自己超越俗心，不为俗情所染，但佛弟子不是无情的，而是在有情中觉悟，使小爱化为大爱，使小情转成大悲。

　　佛法是让我们在烦恼、痛苦、情爱中"再生"，使我们的情感更纯粹、光明，展现出大能大力的主体，使我们的人间之爱得到再生的泉源，使我们的爱扩展而深入一切的生命。

　　慈悲的大爱不是离开人间的爱而独自存在，离开爱众生的心而讲慈悲，那是虚妄的慈悲。

　　智慧的清明也不能失去温暖的觉照而独立存在，离开烦恼痛苦的对治而讲智慧，那是肤浅的智慧。

　　涅槃的追求更不能离开生活的实践而独立存在，离开生活的实践而讲涅槃，那不是清净的涅槃，而是空白的涅槃。

　　我的菩提，因而不离开生活，也不离开有情，从有情的觉悟，一步一步走向有情的圆满。我很喜欢《圣妙吉祥真实名经》中的一段：

　　　　能缘一切有情心，亦解一切有情意，

　　　　在彼一切有情心，随顺一切有情意，

　　　　充满一切有情心，令诸有情心欢喜。

　　我的"菩提系列"是为了一切有情而写的，是为了唤起一切有情内心觉悟的呼声，是为了使一切有情品味自性的芬芳而写的。

所以，把"菩提系列"的句点称为《有情菩提》。

7

彩霞绚烂满天，

红蜻蜓正艳，

自在林间飞舞罢，

又停枝头间。

人生世相，在更大的现点看来，就像一只渺小的红蜻蜓在天空飞来飞去，有时舞于林间，有时在枝头小憩，红蜻蜓对于我们，虽然渺小，却是美丽的意象，它那样艳红，那样自在。

想到红蜻蜓，我就会想到童年的乡间雨后，红蜻蜓成群在晚霞遍照的田间飞舞，这美丽的景象虽然许久未见，但它映在心版上从未消失。每次想起，仿佛又回到无忧在田野奔跑的岁月，红蜻蜓成群在天空交织的红色，与晚霞齐美，带着美丽的诗、动人的梦，不可磨灭的印象。

我的心，依然有许多美丽的红蜻蜓飞来飞去，在人间，我们走过的每一步，不也是如此吗？说远实近，说近还远，每一个旅程历历在目，我们应该真诚地、充满善意地来过每一个日子。

佛法，是使我们许多零碎、渺小、无以形容的美串联起来，走向生命的大美。

忆念永存、感谢永存，美丽的心也将永存，愿大家平安无恙。

林清玄

一九九二年开春

于台北永吉路客寓

"菩提十书"新序
——致大陆读者

一花一净土，一土一如来

三十岁的时候，在世俗的眼光里，我迈入了人生的峰顶。

我得到了所有重要的文学奖项，我写的书都在畅销排行榜上，我在报纸杂志上有十八个专栏。

我在一家最大的报社，担任一级主管，并兼任一家电视台的主管。我在一家最大的广播公司主持每天播出的带状节目，还在一家电视台主持每周播出的深入报道节目。

我应邀到各地的演讲，一年讲二百场。

"世俗"的成功，并未带给我预期的快乐，反而使我焦虑、彷徨、烦恼，睡眠不足，食不知味。

我像被打在圆圈中的陀螺，不停地旋转，却没有前进的方向，也不知道什么时候会倒下来。

有一天，我在报社等着看大样，发现抽屉里有一本朋友送我的书《至尊奥义书》，有印度的原文，还有中文解说。

随意翻阅，一段话跳上我的眼睛：

"一个人到了三十岁，应该把所有的时间用来觉悟。"

我好像被人打了一拳，我正好三十岁，不但没有把所有的时间用来觉悟，连一分钟的觉悟也没有，觉悟，是什么呢？

再往下翻阅：

"到了三十岁，如果没有把全部的时间用来觉悟，就是一步一步地走向死亡的道路！"

我从椅子上跳起来，感到惊骇莫名，自己正一步一步走向死亡的道路还不自知呀！

从那一个夜晚开始，我每天都在想：觉悟是什么？要如何走向觉悟之路？

一个月后，我停止了主持的广播节目和电视节目，也停止了大部分的专栏。

三个月后，我入山闭关，早上在小屋读经打坐，下午在森林散步，晚上读经打坐。

我个人身心的变化，可以用"革命"来形容，为了寻找觉悟，我的人生已经走向完全不同的路向。

走上独醒与独行的路

那一段翻天覆地的改变，经过近三十年了，虽说已云淡风轻，但每次思及当时的毅然决然，依然感到震动。

我的全身心都渴求着"觉悟"，这种渴求觉悟的内在骚动，使我再也无法安住于世俗的追求了。

虽然，"觉悟"于我只是一个模糊的概念，分不清是净土宗觉悟到世间的秽陋，寻找究竟的佛国，或者是密宗觉悟到佛我一体的三密相应，或者是华严宗觉悟到世界即是法界，庄严世界万有，或者是天台宗觉悟到真理是普遍存在的，一色一香，无非中道！

我的"觉悟"最接近的是禅宗的"顿"，是"佛性的觉醒"，是不论我们沉睡了多么长的时间，醒来都只是短暂的片刻。

很庆幸，我在三十岁的某一个深夜，醒来了！

也就是在那个醒来，我开始写作第一本菩提的书《紫色菩提》，我会再提笔写作，是因为"佛教的思想这么好，知道的人却这么少"，希望用更浅白的文字来讲佛教思想。

其次是理解到，佛教的修行不离于生活，禅宗的修行从来不是贵族的，它自始至终都站在庶民大众的身边。它的思想简明易懂又容易修行，它不墨守成规，对经论采取自由的态度。

自从百丈之后，耕田、收成、运水、搬柴，乃至吃饭、喝茶，禅的修行深入于生活的每一个细节。

如果能在觉悟的过程，将生活、读书、修行、写作冶成一炉，应该可以创造一些新的思想吧！

我的"菩提系列"就是在这种心情下开始创作的，我的闭关内容也有了改变，早上读经打坐，下午在森林经行，晚上则伏案写作。

经过近十年的时间，总共写了十本"菩提"，当时在台湾交由九歌出版社出版，引起读书界的轰动，被出版业选为"四十年来最畅销及最有影响力的书"。

后来，授权给北京的作家出版社，出版了简体字版，也是轰动一时，成为许多大陆青年的床头书。

三十年前，我的人生走向了一条分叉的路，如果在世俗的轨道继续向前走，走向人群熙攘的路，会是如何呢？

我走上了人迹罕至的路，走上了独行与独醒的路，到如今还为了追寻更高的境界，努力不懈。

我能无悔，是因为步步留心，留下了"菩提系列""禅心大地系列""现代佛典系列""身心安顿系列"，《打开心内的门窗》《走向光明的所在》……

我确信，对于彷徨的现代人，这些寻找觉悟之道的书，能使他们得到启发，在世俗的沉睡中醒来。

学习看见自己的心

"觉悟"在生命里是神奇的，正是"千年暗室，一灯即明"，不管黑暗有多久，沉睡了多么长的时间，只要点燃了一盏小小的灯火，一切就明明白白、无所隐藏了！

"觉悟"不只是张开心眼来看世界，使世界有全新的面目；也是跳出自我的执着，从一个全新的眼睛，来回观自己的心、自己的爱、自己的人生。

"觉"是"学习来看见"，"悟"是"我的心"，最简明地说，"觉悟"就是"学习看见自己的心"。

"觉悟"乃是与"菩提"连成一线的,《大日经》说:"云何菩提,谓如实知自心。"

这是为什么我在写"菩提系列"时,把书名定为"菩提"的原因,它缘于觉悟,又涵盖了觉悟,它涵容了佛教里一些"无法翻译"的内涵,例如禅那、般若、三昧、南无、波罗蜜多等等。

"菩提"在正统的佛教概念里,原是"断绝世间烦恼而成就涅槃智慧"的意思,但由于它的不译,就有了无限的延展和无限的可能。

我想要书写的,其实很简单,不只是佛教的修行能改变人生,就在我们生活里,也有无限延展和无限可能。

"菩提"的具体呈现是"菩提萨埵",也就简称"菩萨","菩提"是"觉","萨埵"是"有情"。

"觉有情"这三个字真美,我曾写过一本书《以有情觉有情》,来阐明这个道理:菩萨的行履过处,正是以更深刻的情感来使有情的众生得到觉悟,而每一个有情时刻都是觉悟的契机。

生活是苦难的,生命是无常的,但即使是最苦的时候,都能看见晚霞的美丽;最艰难的日子,都能感受天空的蔚蓝与海洋的辽阔。纵是最无常的历程,小草依然翠绿,霜叶还是嫣红。

道由白云尽,春与青溪长;时有落花至,远随流水香。白云与青溪,落花与流水,都是长在的,并不会随着因缘的变幻、生命的苦谛而失去!

"菩提十书"写的正是这种心事,恰如庞蕴居士说的"一念心清净,处处莲花开;一花一净土,一土一如来",生命里若还有阴晴不定，生活里若还有隐晦不明，那是因为我们还没有触事遇缘都生起菩提呀！

我把"菩提十书"重新授权给大陆出版，时光流变已过半甲子，年华渐老、思想如新，祈愿读者在这套书中，可以触到觉悟与菩提的契机！

林清玄

二〇一二年秋天

台北清淳斋

卷一　波罗蜜

夏日小春

煥热的夏日
其实也很好
每一朵紫茉莉开放时
都有夏天夕阳的芳香

山樱桃

夏日虽然闷热，在温差较大的台湾南部，凉爽的早晨、有风的黄昏、宁静的深夜，感觉就像是小小的春天。

清晨的时候沿山径散步，看到经过一夜清凉的睡眠，又被露珠做了晨浴的各种小花都醒过来微笑，感觉到那很像自己清晨无忧恼的心情。偶尔看见变种的野茉莉和山牵牛花开出几株彩色的花，竟仿佛自己的胸腔被写满诗句，随呼吸在草地上落了一地。

黄昏时分，我常带孩子去摘果子，在古山顶有一种叫作"山樱桃"的树，春天开满白花，夏日结满红艳的果子，大小与颜色都与樱桃一般，滋味如蜜还胜过樱桃。

这些山樱桃树在古山顶从日据时代就有了，我们不知道它的中文名字，甚至没有闽南语，从小，我们都叫它莎古蓝波（Sa Ku Lan Bo），是我从小最爱吃的野果子，它在甜蜜中还有微微的芳香，相信是做果酱极好的材料，虽然盛产时的山樱桃，每隔三天就可以采到一篮，但我从未做过果酱，因为"生吃都不够，哪有可以晒干的"。

当我在黄昏对几个孩子说"我们去采莎古蓝波"的时候，大家都立刻感受着一种欢愉的情绪，好像"莎古蓝波"这几个字的节奏有什么魔法一样。

我们边游戏边采食山樱桃，吃到都不想吃的时候，就把新采的山樱桃放在胭脂树或姑婆芋的叶子里包回家，打开来请妈妈吃，她看到绿叶里有嫩黄、粉红、橙红、艳红的山樱桃果子，欢喜地说："真是美得不知道怎么来吃呢。"

她总是浅尝几粒，就拿去冰镇。

夜里天气凉下来了，我们全家人就吃着冰镇的山樱桃，每一口都十分甜蜜，电视里还在演《戏说乾隆》，哥哥的小孩突然开口："就是皇帝也吃不到这么好的莎古蓝波呀。"

大家都笑了，我想，很单纯，也可以有很深刻的幸福。

青莲雾

很单纯，也可以有很深刻的幸福，当我们去采青莲雾的小路上，想到童年吃青莲雾的滋味，我就有这样的心情。

青莲雾种在小镇中学的围墙旁边，这莲雾的品种相信已经快灭绝了，当我听说中学附近有青莲雾没人要吃，落了满地的时候，就兴匆匆带三个孩子，穿过蕉园小径到中学去。

果然，整个围墙外面落了满地的青莲雾，莲雾树种在校园内，校门因为暑假被锁住了。

我们敲了半天门，一个老工友来开门，问我们："来干什么？"

我说："我们想来采青莲雾，不知道可不可以？"

他露出一种兴奋的、难以置信的表情打量我们，然后开怀地笑说："行呀。行呀。"他告诉我，这一整排青莲雾，因为滋味酸涩，连中学生都没有一点采摘的兴趣，他说："回去，用一点盐、一点糖腌渍起来，是很好吃的。"

我们爬上莲雾树，老校工在树下比我们兴奋，一直说："这边比较多。""那里有几个好大。"看他兴奋的样子，我想大概有好多年，没有人来采这些莲雾了。

采了大约二十斤的莲雾，回家还是黄昏，沿路咀嚼青莲雾，虽然酸涩，却有很强烈的莲雾特有的香气，想起我读小学时曾为了采青莲雾，从两层楼高的树上跌下来，那时觉得青莲雾又甜又香，真是好吃。

经过三十年的改良，我们吃的莲雾，从青莲雾到红莲雾，再到黑珍珠，甜度不高的青莲雾就被淘汰了。

为什么我也觉得青莲雾没有以前的好吃呢？原因可能是嘴刁了，水果不断改良的结果，使我们的野心欲望增强，不能习惯原始的水果；（土生的芭乐、芒果、杨桃、桃李不都是相同的命运吗？）另一个原因是在记忆河流的彼端，经过美化，连从前的酸莲雾也变甜了。

家里的人也都不喜吃青莲雾，我想了一个方法，把它放在果汁机里打成莲雾汁，加很多很多糖，直到酸涩完全隐没为止。

青莲雾汁是翠玉的颜色，我也是第一次喝到，加糖、冰镇，在汗流浃背的夏日，喝到的人都说："真好喝呀，再来一杯。"

夜里，我站在屋檐下乘凉，想到童年、青少年时代，其实有许多事都像青莲雾一样的酸涩，只是面目逐渐模糊，像被打成果汁，因为不断地加糖，那酸涩隐去，然后我们喝的时候就自言自语地说："真好喝呀，再来一杯。"

只是偶尔思及心灵深处那最创痛的部分，有如被人以刀刺入内心，疤痕鲜明如昔，心痛也那么清晰，"或者，可能，我加的糖还不够多吧。下次再多加一些，看看怎么样？"我这样想。

回忆虽然可以加糖，感受的颜色却不改变，记忆的实相也不会翻转。

就像涉水过河的人，在到达彼岸的时候，此岸的经验与河面的汹涌仍然是历历在心头。

野木瓜

姐姐每天回家的时候，都会顺手带几个木瓜来。

原因是她住处附近正好有亲戚的木瓜田，大部分已经熟透在树上，落了满地，她路过时觉得可惜，每次总是摘几个。

"为什么他们都不肯摘呢？"我问。

"因为连请人采收都不够工钱，只好让它烂掉了。"

"木瓜不是一斤二十五块吗？台北有时卖到三十块。"我说。

在一旁的哥哥说："那是卖到台北的价钱，在产地卖给收购的人，一斤三五块就不错了。"哥哥在乡下职校教书，白天教的学生都是农民子弟，夜里教的是农民，对农业有很独到的了解。

"正好今天我的一位同学问我：'你认为世界上最可怜的人是什么人？'我毫不考虑地说：'是农人。'"

"农人为什么最可怜呢？"哥哥继续发表高见，"因为农作物最好的时候，他们赚的不过是多一两块，农作物最差的时候，却凄惨落魄，有时不但赚不到一毛钱，还会赔得倾家荡产。农会呢？大卖小卖的商人呢？好的时候赚死了，坏的时候双脚缩起来，一毛钱也赔不到。"

问哥哥"世界上最可怜的人是什么人？"的那位先生正好是老师兼农民，今年种三甲地的芒果，采收以后结算一共赚了三千元，一甲地才赚一千，他为此而到处诉苦。

哥哥说："一甲地赚一千已经不错，在台湾做农民如果不赔钱，就应该谢天谢地拜祖先了呀。"

不采摘的木瓜很快就会腐烂，多么可惜。也是黄昏时分，我带孩子去采木瓜，想把最熟的做木瓜牛奶，正好熟的切片，青木瓜拿来泡茶。

采木瓜给我带来心情的矛盾，当青菜水果很便宜，多到没人要的时候，我们虽然用很少的钱可以买很多，往往这时候，也表示我们的农民处在生活黑暗的深渊，使生长在农家的我，忍不住有一种悲情。

正这样想着，孩子突然对我说："爸爸，你觉不觉得住在旗山很好？"

"怎么说？"

"因为像木瓜、芒果、莲雾、山樱桃都是免费的呀。"孩子的这句话有如撞钟，使我的心嗡嗡作响。

夜里，把青木瓜头切开，去籽，塞进上好的冻顶乌龙茶，冲了茶，倒出来，乌龙茶中有木瓜的甜味与芳香，这是在乡下新学会的泡茶法，听说可以治百病，百病不知能不能治，但今天黄昏时的热恼倒是治好了。

生命中虽有许多苦难，我们也要学会好好活在眼前，止息热恼的心，不做无谓的心灵投射，喝木瓜茶，我觉得茶也很好，木瓜也很好。

燠热的夏日其实也很好，每一朵紫茉莉开放时，都有夏天夕阳的芳香。

心灵的护岸

只有妈妈的爱

像清晨的阳光

像清澈的河水

是我们心灵永久的护岸

吃晚饭的时候，我对妈妈和哥哥说："明天我想带孩子去护岸走走。"他们同时抬起头来看了我一眼，点一下头，又继续吃饭了，那意思于我已经很明确，就是护岸已经不值得去了。

护岸是家乡的古迹之一，沿着旗尾溪的岸边建筑，年代并不久远，是日据时代堆成的。筑造的原因，是从前的旗尾溪经常泛滥成灾，高达一丈的护岸，在雨季可以把溪水堵住，不至于淹没农田。

旗山的护岸或者也不能算是古迹，因为它只是由许多巨大的石头堆叠而成，它的特点是石头与石头之间并没有黏结，只依其各自的状态相互叠扣，石头大小与形状都各自不同，但是组成数公里的护岸，却是异常的雄伟与平整。

旗山原是平凡的小镇，没有什么奇风异俗，我喜欢护岸当然是感情因素。

在我幼年的时候，护岸正好横在我家不远的香蕉园里，我时常跑去上上下下地游戏，印象最深的是，春天的时候，护岸上只有一种植物"落地生根"，全数开花时，有如满天的风铃，恍如闻到叮叮当当的响声。

在护岸底部沿着的沟边，母亲种了一排芋田，夏天的芋叶像菩萨的伞盖，高大、雄壮，有着坚强的绿色，坐在护岸上看来，芋头的叶子真是美极了，如果站起来，绵延的蕉树与防风的竹林、槟榔交织，都有着挺拔高挑的风格，个个抬头挺胸。

我时常随父母到蕉园里去，自己玩久了，往往爸妈已改变工作位置，这时我会跑到护岸上居高临下，一列列地找他们，很快就会找到，那护岸因此给我一种安全的感觉，像默默地守护着我。

我也喜欢看大水，每当暴雨过后，就会跑到护岸上看大水，水浪滔滔，淹到快与护岸齐顶，使我有一种奔腾的快感。平常时候，旗尾溪非常清澈，清到可见水里的游鱼，澈到溪底的石头历历，我们常在溪里戏水、摸蛤蜊、抓泥鳅，弄得满身湿，起来就躺在护岸的大石上晒太阳，有时晒着晒着睡着了，身体一半赤一半白，爸爸总会说："又去煎咸鱼了，有一边没有煎熟呢。还未翻边就回来了。"

护岸因此有点像我心灵的故乡，少年时代负笈台南，青年时代在台北读书，每次回乡，我都会在黄昏时沿护岸散步，沉思自己生命的蓝图，或者想想美的问题，例如护岸的美，是来自它的自身呢？或是来自小时候的感情？或是来自心灵的象征？后来发现美不是独立自存的，美是有受者、有对象的，真实的美来自生命多元的感应道交，当我们说到美时，美就不纯粹客观，它必然有着心灵与情感的因素。

我对护岸的心情，恐怕是连父母都难以理解的，但我在护岸散步时，常会想起父母做为农人的辛劳，他们正是我们澎湃汹涌的河流之护岸，使我即使在都市生活，在心灵上也不至于决堤，不会被都市的繁华淹没了平实的本质。

这一次我到护岸，还征求了三位志愿军，一个是我的孩子，两个是哥哥的孩子，他们常听我提到护岸是多么美，却从未去过。他们一走上护岸，我就看见他们眼里那失望的神色了。

旗尾溪由于上游被阻绝，变成一条很小的臭水沟，废物、馊水、粪便的倾倒，使整个护岸一片恶臭。岸边的田园完全被铲除，铺了一条产业道路，路旁盖着失去美感、只有壳子的贩厝。有好几段甚至被围起来养猪，必须要掩鼻才有走过的勇气。大石上，到处都是宝特瓶、铝罐子和塑料袋。

走了几公里，孩子突然回头问我："爸爸，你说很美的护岸就是这里吗？"

"是呀，正是这里。"心里一股忧伤流过，不只护岸是这样的，在工业化以后的台湾，许多有美感的地方不都是这样吗？田园变色、山水无神，可叹的是，人都还那样安然地，继续把环境焚琴煮鹤地煮来吃了。

我本来要重复这样子说："我小时候，护岸不是这样子的。"话到口中又吞咽回去，只是沉默地、一步一步地走向护岸的尽头。

听说护岸没有利用价值，就要被拆了，故乡一些关心古迹文化的朋友跑来告诉我，我不置可否，"如果像现在这个样子，拆了也并不可惜呀。"我铁着心肠说。

当我们说到环境保护的时候，一般人总是会流于技术的层面，或说："为子孙留下一片乐土。"或说："我们只有一个地球。"这些只是概念性的话；其实保护环境要先保护我们的心，因为我们有什么样败坏的环境，正是来自我们有同样败坏的心。

就如同乡下一条平凡的护岸，它不只是石头堆砌而成的，它是心灵的象征，是感情的实现，它有某些不凡的价值，但是粗俗的人，怎么能知道呢？

我们满头大汗回家的时候，妈妈正在厨房里包扁食（馄饨），正像幼年时候，她体贴地笑问："从护岸回来了？"

"是呀，都变了。"我黯然地说。

妈妈做结论似的："哪有几十年不变的事呀。"

然后，她起油锅、炸扁食，这是她最拿手的菜之一，是因为我返乡，特别磨宝刀做的。

哧——油锅突然一声响，香味四散，我的心突然在紧绷中得到纾解。幸好，妈妈做的扁食经过这数十年，味道还没变。

我走到锅旁，学电视里的口吻说："嗯，有妈妈的味道。"

妈妈开心地笑了，像清晨的阳光，像清澈的河水。

只有妈妈的爱，才是我们心灵永久的护岸吧，我心里这样想着。

佛手玉润

佛的心真是温润如玉的吧

即使佛的心是甚深极甚深

但在我们生活的四周

不也有许多亲切极亲切的体会吗

我们常去吃饭的天阳素食餐厅，有一道菜，名字是"佛手玉润"。

"佛手玉润"是佛手瓜炒素火腿，由于佛手瓜是透明的，炒出来真的像玉一样，吃起来有佛手瓜特有的香气，不论是视觉、嗅觉、味觉都有神清气爽之感。

我自幼就喜欢佛手瓜，喜欢看它那肥肥圆圆的样子，也喜欢闻佛手瓜，它的香气使人有出尘之思，当然，也喜欢吃。但是我们从前吃佛手瓜很少炒的，多是切丝煮清汤，或者是把它晒干了，切成一片一片的煮茶喝。夏天的时候喝佛手茶最好，清凉，微带苦味，加一点冰糖，在那个没有冰箱的时代，能喝到佛手茶，觉得炎炎夏日也有着清凉的依附了。

后来学了佛，更喜欢佛手，每次看见都会买一些回家，样子很美的就留下来观赏，看它自然地风干，愈干的佛手香气愈甚，到后来，坚硬如木，可以久藏，放久的佛手也不会失去它的香气。偶尔切几片来泡茶，冬天的时候热饮，夏日时冰镇，每次喝的时候神思飘逸，仿佛可以体会佛一手指天，一手指地说"天上天下，唯我独尊"那种非凡的气概。也仿佛看见了佛以金色臂指着大地："心静，则国土净。"又好像看见佛在菩提树下，伸手指着大地："我所走过的路，大地都留下证据。"呀！那样的心情，没有喝过佛手茶的人怎么能品味呢？

那些样子不怎么美的佛手，就切成细丁，与姜丝一起熬汤，滋味也甚为鲜美。

在乡下，佛手是极为平凡的食物，市场里论斤出售；在城市，佛手奇货可居，水果店里一粒卖到一百多，而且还不是经常可以买到。几天前，在永春市场看到有老人卖佛手，一口气全买了，有朋友来访就赠送一粒，感觉到佛手真是无比珍贵的礼物。

自从学佛以后，加上感情因素，对于任何与佛有关的事物，都有说不出的亲切。就说是现在正盛产的释迦好了，每天买几个熟透的释迦来吃，真是人间无比的享受。有一次，到台东去演讲，有一位住在太麻里的读者，坐了很久的车，只为了送给我一箱自己种的释迦，她说："我知道你一定会喜欢吃释迦的。"令我深受感动，那箱上好的释迦回台北一星期才吃完，每回吃的时候，就有很深的感恩的心，感恩这土地生长如此美味的水果，感恩这世界还有着纯良的人情。

有一天夜里，一位朋友来看我，送给我一包菩提叶茶，那茶是以菩提叶、菩提花、菩提子干燥而成，泡起来的色泽也像玉一样，滋味与色泽一样的清纯温润，不知道是谁，竟可以想到用菩提叶来做茶？

朋友告诉我，那菩提叶茶是法国进口的，制造的动机不明，可能是由于健康的因素，因为在包装上说明，说菩提叶茶可以清肺、润喉、润胃，还可以安眠哩！

我开玩笑地对朋友说："法国人是很浪漫的，说不定是有一位法国人听到佛在菩提树下成道，大受感动，想到是佛成道的树，叶子一定很好喝的吧！再加上花果，就更好了。"

当然，这只是一种玄想，不过能想到把菩提叶拿来制茶，就是很纯美的动机了。在台湾也有许多菩提树，春天的时候换装，会长出鲜黄嫩绿的小叶子，说不定我们可以试试来做茶，以台湾制茶技术的高超，必然会比法国人做出更好的茶吧！

讲到喝茶，我也喜欢喝"铁观音"，这名字极适合沉思，最慈悲柔软的观音入茶的时刻竟成为"铁打"的，那是由于观音有极坚强的悲愿吧！喝铁观音时，我常想，但愿喝到这茶的人都能体会到观音菩萨的心。

我还喝过一种福建的茶，名曰"佛手乌龙"，但它不是用佛手瓜做的，用的是乌龙。为什么又叫"佛手乌龙"呢？原来是采茶时有特别的技术，使每一片茶叶头部平直，尾端则曲卷成团，看来就像一只佛手。泡过的茶叶还可以维持原来的形状，真的很像佛手，由于取了"佛手乌龙"的名字，喝的时候就感觉更值得品味了。

佛的心真是温润如玉的吧！即使佛的心是甚深极甚深，但在我们生活的四周，不也有许多事物给我们亲切极亲切的体会吗？

在人世许多小小的欢喜之中，我总是怀着无比感恩的心。

吃饭皇帝大

白日如奔骥

花开不可急

尺璧与寸阴

有情皆可嘉

听说有一家披萨店，顾客一坐下来点菜，只要超过五分钟没送来，就完全免费招待。孩子感到好奇，一直吵着去吃。

我们去的时候完全没有想到的情况是，餐厅大客满，等了半小时才有空位。果然，餐单印着五分钟尚未上菜免费招待，点完菜，孩子开始计时，不到四分钟就送来了，效率真是快得惊人。

但是，我立刻想到，为了赶这五分钟，我们坐了四十分钟的计程车，排队等候座位花去半小时，吃完饭还要花至少三十分钟回家。在餐单上五分钟的快速保证，每一分钟里都有二十分钟的代价。

这是现代人为了结局快速而轻忽过程的一个活生生的例证，我们赶着在五分钟上菜的心情，促使速食面、速食咖啡、速食餐厅大行其道。不仅在五分钟里做完菜，还希望不管做什么都不要超过五分钟，于是有了微波炉，尽管微波食品在做菜过程毫无乐趣，微波食品的滋味普通，我们也只好使用，为了节省另外的五分钟。

不只是吃饭的五分钟，做其他事时，我们也要维持在每一秒钟操控局面或被操控，于是有了传真机、呼叫器、行动电话、电脑连线。为使目标立即呈现，我们做了许多遥控器，电视、音响、灯光、冷气，到大部分电器都附有遥控器。谁家的客厅桌子上，现在不是摆了一堆遥控器呢？

我们拼命把时间省下来，理论上时间增加了，实际上，我们在过程上所花费的时间还是惊人的，那种情形，就像电影大师蒙太奇之父爱森斯坦说的："许多人都以为悲剧使我们流泪，其实不然，是因为我们有流泪的需要，这世界才产生悲剧。"

为了结局所产生的时间压缩，不仅未能使我们有更多空间来悠然生活，反而使我们更忙碌、烦恼、烦躁与不安，在暗地里付出更大的代价犹不自知。

这些代价最大的是，由于拼命想主控外境，反而终日被外境所转，失去敏于深思反省的气质，大部分人一整天在压缩的时间下生活，回到家立刻累倒了，哪有时间思维，做心灵更深刻的开发呢？

其次，生活逐渐分成两边，一边是像吃饭这么"无用"的事物，甚至不肯花超过五分钟来等待，这已经不叫"吃饭"而叫"填鸭"。另一边则是充满快节奏的名利权位的诱引，整天奋力搏战，大部分人已经不知道放松、舒坦、从容是什么滋味了。

我们的生活如此紧张，所压榨出来的时间做什么用呢？用来"无聊"，用来"烦恼"，用来"比较"，用来"计划生涯"，计划怎么走向明日更忙碌的生活里去。

从一个更大的观点来看，生活中实在没有绝对必要的追求，那些在俗眼中绝不可缺的东西，在慧眼里看来都是浮沤泡沫一般。那些自以为做着惊天动地事业的人，有一天老了、死了，世界依然向前滚动。那些在呼叫器、行动电话里的催魂铃声，没有一声可以解决生命的困局。

打开生命的绳结，最好的方法是把时间与空间同等对待，打破过程与结局的界线，使从容与效率一样重要；也就是回到眼前来，使每一刻都变得丰盈而有价值。在这一点上，从前的禅师说的"活在当下""活在眼前""看脚下""喝茶去""吃粥也未？""吃饭时吃饭，睡觉时睡觉"已经有很好的见解了。

台湾乡下有一句俗语说：

会吃才会大，会消才会活；
会爬才会跑，会困才会做。

这是认识到平等观照生活而生的智慧之语，吃饭是重要的，它滋养色身使我们长大，但比吃饭更重要的是排泄，一天不吃喝不会怎样，一天不排泄就完蛋了。会跑是重要的，但跑的方法始于爬行。会做是重要的，睡觉却比会做更要紧，铁打的身体三天不睡，也就委顿了。

由生活平等的智慧而产生一句更值得思考的话："吃饭皇帝大。"

意思是吃饭这件事的重要性胜过皇帝，因为从前的农村生活需要气力，力气的来源还是食物的补充，因此把吃饭看得比任何事都重要，即使是皇帝的圣旨驾到，也要等吃过饭再说。

我想起从前割稻的农忙时节，其紧张的状况并不亚于现代人的奔忙，吃饭与点心都是在收割的稻田中进行。每当热腾腾的饭菜从家里挑来，大家就会互相吆喝："来唉，吃饭皇帝大。"然后大家或坐或蹲在田岸吃饭，那样专心与陶醉地吃饭，使我每次回想都感到动容。那种生活里单纯的渴望，在工作与吃饭同等专注的态度，在现代社会已经逐渐被遗忘了。

还有一句大家都知道的"歹竹出好笋"，现在被一般人解释为坏的父母也可能生出好子孙。其实种过竹笋的人都知道原意不是这样，是指如果要竹笋长得好，就要砍掉一部分的杂枝，竹笋才会有足够的养料，"歹"是动词，有"砍"的意思。

我把"歹竹出好笋"解释为，一个人一定要下决心砍除生活中繁复的杂枝，才会长出好的智慧芽苗。维持生活的单纯与专注，是提升慧心最好的方法。

不仅慧心来自每一刻充盈的对待，生命中有情的态度、感恩的胸怀、广大的包容都可能来自从容时的步步莲花。

这种在每时每刻都以全部心情融入的境界叫作"通身是手眼，无一处不是手眼"；叫做"一月普现一切水，一切水归一月摄"；叫做"好雪片片，不落别处"；叫做"五月松风，人间无价。柳绿花红，江山满目"……

我很喜欢白隐禅师的说法，有学僧问他："为什么说'毛吞巨海，芥纳须弥'？"

他说："清茶一杯，煎饼一只。"

法身无相、法眼无瑕，一个人如果能在一杯清茶、一只煎饼中体会生命真实的滋味，随时保有横亘十方、纵横三际的气势，行于所当行，止于不可不止的胸襟；那么，生活从容一些、情感单纯一些、追求减少一些、效率舒缓一些，又有何妨？

宫本武藏观斗鸡

在更高的地方

有一对眼睛

看着我们

买了一本日本的画册，其中有一幅画题目是"宫本武藏观斗鸡"，画的是日本的剑圣宫本武藏拄着他的武士刀，在庭院里看两只鸡正伸长着脖子相斗。

这幅画没有其他的说明，但是看了令人趣味盎然，联想到两只鸡的相斗，很可能是为了一粒米或一条虫，当然或许有更大的理由，例如争取领袖地位，或是求偶什么的。

宫本武藏的一生也是不断在相斗的，特别是当他被公认是日本剑道第一以后，各地的剑客都会来找他挑战，有时甚至没有什么理由，只为了"天下第一"这样的称谓。

宫本武藏一生里最重要的一次决斗，是和小次郎在海边比剑，小次郎的剑术被公认是唯一可以与他匹敌的，甚至有人说他的剑术比宫本武藏还好。但是，最后宫本武藏赢了，在他的传记里，说他的胜利是由于"无心于胜负"的缘故，在两个不相上下的剑手之间，"无心胜有心"。

有一本日本禅宗的书籍说，宫本武藏后期醉心于禅道，便是由于观斗鸡得到开悟，他悟到的是，"在更高的地方，有一对眼睛，看着我们"。这种说法难以查考，却十分引人深思。

在我们看到两只狗为了一块骨头，互相撕咬的时候；看到两群蚂蚁为了一块糖，尸横遍野的时候；看到两只斗鱼为了地盘，冲撞至死的时候……很少人会想到"在更高的地方，有一对眼睛，看着我们"。如果有一个更广大开阔的心，看到这种争斗，都能看清其中是多么愚蠢无知。

前几天，看报纸上的一则消息，有两个人为了争执一粒槟榔，竟互相砍杀，甚至闹出人命，就觉得人比斗鸡高明不了多少。

有许多人把人生许多宝贵的时光用在争斗上面，殊不知凡有争斗必有损伤，凡有争斗就会使思想陷入蜗牛角里，那时就会失去"更高的眼睛"了。

从前有两位武士在森林相遇，同时看见树上挂着一面盾，一位说盾是金的，另一位说盾是银的。

先是争执不下，继而相互对骂，再而拔剑相斗，最后各刺一剑，在倒下去的那一刹那，两位武士才看清了，原来树上的盾一面是金的，一面是银的。

虽然所有的是非不是像挂在树上的盾那么简单，但是为什么不先把盾看清楚呢？这种清楚的观点正是保有一对更高的眼睛，这一对眼睛可以让人理性对待，找出真相，平等思维对方的观点。

一个人要远离是非，远离争辩，远离仇视，或者不是那么容易达到，但是一个人愿意培养宽容，听听异见却不是很困难的，只看态度是不是恳切罢了。

"唯其不争，天下莫能与之争！"

宫本武藏争斗了一生，到晚年时才悟到"无心于胜负"的可贵，使他成为日本人心中不朽的剑圣、武圣！这是十分幸运的，大部分的莽夫，则多是争斗到死，还没有悟到那对更高的眼睛。

听说宫本武藏开悟以后曾手绘一幅"布袋和尚观斗鸡"，自题为"无杀者，无被杀者，无杀事"来表达自己三轮体空的境界，这幅"宫本武藏观斗鸡"就是"布袋和尚观斗鸡"的仿作，却蕴藏了极深的涵义。

至死犹斗的人，必然会有痛苦挣扎的人生，含恨郁郁，像一只水中的斗鱼，一直到死，飘落鱼缸犹如落叶，但眼睛还睁着，因为关于一只斗鱼，它的智慧使它永远不知道和平相处的滋味！

亲　族

一代亲

二代表

三代散了了

　　两个月前，我到澎湖文化中心演讲，下了飞机，在机场遇到一位身高一米八几的青年小伙子，穿着笔挺的军服，热情地喊我叔叔，我仔细端详，才看出他是堂哥的儿子。

　　"才几年没见，长这么大了。"我心里嘀咕着，想到台湾形容孩子的成长有一句俚语说："好像吹风的一样。"

　　想到二十年前我初到台北，就住在堂哥家，这小家伙刚刚诞生，我还时常把着他尿尿哩！现在竟高出我一个头了，要不是他叫我，我还不敢认他。

　　两星期前，我走在台北的忠孝东路，突然跑出一个少女挡住我的去路，唤我"叔公"，我大吃一惊，以为她叫错人了。

"没错，没错，你是林清玄，你是我叔公。"她开心得不得了。

查询半天，原来是我表哥的孙女，我舅舅的曾孙女，她要叫我的母亲"姑婆祖"。把关系弄清楚之后，在车马奔腾的台北街头辞别了。沿路我一直在想：以后我还会有因缘遇到这位晚辈吗？同时我的心中十分感叹：我还不到四十岁，竟已做了"公"字辈，这都是拜亲族之赐。我的父亲有八个兄弟姊妹，母亲有九个兄弟姊妹，四代下来，人数恐怕早就超过千人了。

不久前，弟弟结婚，许多很久不见的亲戚又回来聚首，看着这些亲族里的人成长、老去、凋零的景况，真是令我感到无常逼人。吃过酒席，母亲提议要照家族相，光是集合、整队、排列就花了一个小时的时间，母亲的理由是："大家相聚的时间难得，应该拍个照片做纪念，这样以后的子孙辈才知道大家是亲族呀！"

夜里，与母亲聊天，她说了一句台湾俗语："一代亲，二代表，三代散了了。"意思是亲戚会日渐疏远，到第三代，大概就互不相识了。然后她说："以后家族有什么活动要常回来参加，大家要珍惜呀！"真的，亲族虽然血缘深厚，也要靠大家的珍惜才可以维系。

我的孩子有一天突然问我："爸爸，你和你爸爸的姐姐的堂弟的表哥的爸爸是什么关系？"

我一时瞠目结舌，无法回答，正在苦思，他哈哈大笑："是亲戚关系，别想得太远！"

小鬼头，原来又拿"脑筋急转弯"来考我。

今年的"国大代表"选举，家乡的两位候选人，一位是国民党报准，一位是民进党提名，竟都是我们的亲戚，同时来家里拜托赐票，亲族里的人说："看谁跟谁较亲，就投给谁吧！"

一表三千里，在这么长的世代里，说不定在身旁擦肩而过的陌生人里，就与我们有血缘的关系，大家应该互相珍惜，因为四代以前，谁知道呢？

秋日离离，冷流已经弥漫到城市里来了，我沿街散步，正看到一队抗议示威的人群，思及在互相抗争、冲撞、残忍对待的人之间，说不定就是我们的亲族呢！这样一想，使我有点忧伤。

芒花季节

有空去看芒花吧
那些坚强的誓言
正还魂似的
飘落在整个山坡

朋友来相邀一起到阳明山，说是阳明山上的芒花开得很美，再不去看，很快就要谢落了！

我们沿着山道上山去，果然在道旁、在山坡，甚至更远的山岭上，芒花正在盛开，因为才刚开不久，新抽出的芒花是淡紫色，全开的芒花则是一片银白，相间成紫与白的世界，与时而流过的云雾相映，感觉上就像在迷离的梦景一样。

我想到像芒花如此粗贱的植物，竟吸引了许多人远道赶来欣赏，像至宝一样，就思及万物的评价并没有一定的标准。

我说芒花粗贱，并没有轻视之意，而是因为它生长力强，落地生根，无处不在，从前在乡下的农夫去之唯恐不及。

就像我现在住在台北的十五楼阳台上，也不知种子随风飘来，或是小鸟沾之而来，竟也长了十几丛，最近都开花了。有几株是依靠排水沟微薄的泥土吸取养分，还有几株甚至完全没有泥土，是扎根在水管与水泥的接缝，只依靠水管渗出的水生长。芒花的生命力可想而知了。

再说，像芒花这种植物，几乎是一无是处的，几乎到了百无一用的地步，在干枯的季节，甚至时常成为火烧山的祸首。

我努力地思索从前芒花在农村的作用，只想到三个，一是编扫把，我们从前时常在秋末到山上割芒花回家，将芒花的种子和花摇落，捆扎起来做扫把；二是农家的草房，以芒草盖顶，可以冬暖夏凉；三是在春夏未开花时，芒草较嫩，可作为牛羊的食料。

但这也是不得已的好处，因为如果有竹扫把，就不用芒花，因为芒花易断落；如果有稻草盖屋顶，就不用芒草，因为芒草太疏松，又不坚韧；如果有更好的草，就不以芒草喂牛羊，因为芒草边有刺毛，会伤舌头。

在实用上是如此，至于美呢？从前很少人觉得美，早期的台湾绘画或摄影，很少以芒花入图像，是近几年，才有艺术家用芒花做素材。

从美的角度来看，单独或两三株芒花是没有什么美感的，但是如果一大片的芒花就不同了，那种感觉就像海浪一样，每当风来，一波一波地往前推进，使我们的心情为之荡漾，真是美极了。因此，芒花的美，美在广大、美在开阔、美在流动，也美在自由。

或者我们可以如是说："凡广大的、凡开阔的、凡流动的、凡自由的，即使是平凡粗贱的事物，也都会展现非凡的美。"

例如天空，美在广大；平原，美在开阔；河川，美在流动；风云，美在自由。

我幼年曾有一次这样的经验，那时应该是秋天吧！我沿着六龟的荖浓溪往上游步行，走呀走的，突然走到山腰的一片平坦的坡地，我坐在坡地上休息，抬头看到蓝天蓝得近乎纯净透明，河水在脚边奔流，风云在秋风中奔驰变化，而我，整个被开满的芒花包围了，感觉到整个山、整个天空、整个世界都在芒花的摇动中，随着律动。

当时的我，仿佛是醉了一样，第一次，感受到芒花是那样的美，从此，我看芒花就有了不同的心情。长大以后看芒花，总不自禁地想起乐府诗句："天苍苍，野茫茫，风吹草低见牛羊。"

是的，芒花之于大地，犹如白发之于盛年，它展现的虽然是大块之美，其中隐隐地带着悲情，特别是在夕阳时艳红的衬托，芒花有着金黄的光华。其实芒花的开谢是非常短暂的，它像一阵风来，吹白山头，随即隐没于无声的冬季。

生命对于华年，是一种无常的展露，芒花处山林之间，则是一则无常的演出。

某年某月的某一天，我们曾与某人站立于芒花遍野的山岭，有过某种指天的誓言，往往在下山的时候，一阵风来，芒花就与誓言同时凋落。某些生命的誓言或许不是消失，只是随风四散，不能捕捉，难以回到那最初的起点。

我们这漂泊无止的生命呀！竟如同驰车转动在两岸的芒草之中，美是美的，却有着秋天的气息。

在欣赏芒花的那一刻，感觉到应该更加珍惜人生的每一刻，应该更体验那些看似微贱的琐事，因为"志士惜年，贤人惜日，圣人惜时"，每一寸时光都有开谢，只要珍惜，纵使在芒花盛开的季节，也能见出美来。

从阳明山下来已是黄昏了，我对朋友说："我们停下来，看看晚霞之下的芒花吧！"

那时，小时候在著浓溪的感觉又横越时空回到眼前，小时候看芒花的那个我，我还记得正是自己无误，可是除了感受极真，竟无法确定是自己。岁月如流，流过我、流过芒花，流过那些曾留下，以及不可确知的感觉。

"今年，有空还要来看芒花。"我说。

如果你说，在台湾秋天可以送什么礼物，我想，有空和朋友去看芒花吧！"岭上多芒花，不只自愉悦，也堪持赠君。"

某年某月某一天，一起看过芒花的人，你还安在吗？有空去看芒花吧！那些坚强的誓言，正还魂似的，飘落在整个山坡。

人在江湖

土能浊河
而不能浊海
风能拔木
而不能拔山

做生意的朋友来看我，谈到内心里的许多挣扎，说有时候为了生意，不免要去应酬、喝酒，有时还要对别人设计、扯谎，其实自己的内心里向往着规规矩矩做生意，过单纯的生活，但这样的希望是很不可得的。

他的结论是："人在江湖，身不由己呀！"

朋友走了以后，我想到"人在江湖，身不由己"不只是做生意的人，也是一般人去做那些不随己意的事时，最常用的借口，江湖，真的那么可怕吗？什么是江湖呢？

"江湖"的用语，最早是出自《庄子·大宗师》里"不如相望于江湖"，指的是三江（荆江、松江、浙江）五湖（洞庭湖、太湖、鄱阳湖、青草湖、丹阳湖），后来成为佛教里的常用语，把云游四海的云水僧称为"江湖人"。

　　那是因为在唐朝的时候，江西有马祖道一禅师，湖南有石头希迁禅师，两位禅师的德声享誉四方，同时大树法幢，当时天下各地的神僧，如果不是到江西去参马祖，就是到湖南去参石头，由于古代的交通不便，光是走到江西、湖南就要一年半载，他们沿路挂单参访，称为"走江湖"。走在江湖上的行者则称为"江湖人""江湖僧""江湖众"。

　　"江湖"还有别的意思，像禅士如果散居于名山大刹之外，居于江畔湖边自己参究的，也称为"江湖人"。

　　或者，一般隐士之居，也可以叫"江湖"，如汉书之"甚得江湖间民心"，范仲淹《岳阳楼记》说："处江湖之远，则忧其君。"

　　因此，在早期，"江湖"是很好的字眼，它象征着一种自由追求真理的态度；"江湖人"也是很好的字眼，是指那些可以放下一切，去探究生命真相的人。

　　不知道什么时候开始，在中国民间，"江湖"成为一般通俗的称呼，浪迹于四方谋生活的人，称为"走江湖"或"跑江湖"；阅历丰富的人称为"老江湖"，而以术敛财的人叫"江湖郎中"。这些都还是好的，"江湖"只是名词而已，到了现在，"江湖"成为"染缸"的同义词，政客在"国会"打架、骂三字经，说："人在江湖，身不由己。"商人出卖灵魂，重利轻义，说："人在江湖，身不由己。"黑社会杀人放火，无所不为，说："人在江湖，身不由己。"

你们的江湖到底是什么样的江湖呢？

人处世间，江湖风险，似乎是不可避免的，但是在同一个江湖里，有人自清自爱，有人随浊随堕，完全是看个人的选择，"身不由己"只是一个借口罢了！我想起《韩非子》里说："不可陷之盾与无不陷之矛，不可同世而立。"如果心里有清白的向往，而还继续混浊，当然会有矛盾、冲突与挣扎了。

在我们幼年时代，没有自来水，家家户户都在庭前摆水缸，接雨水备用，接来的水要先放一两天澄清，等泥尘沉淀才可使用。有时候孩子顽皮，以手去搅水缸，只要两三下，水就不能用了，要再澄清一两天才可用。

因此，我们很小的时候就知道绝对不要去搅水缸，因为"要使水澄清很难，要一两天；要使水混浊很容易，只要搅一两下"。

身在江湖的人也是一样的，古代的禅师为了发觉内在的澄明的泉源，不惜在江边湖畔，苦苦寻索，是看清了"江湖寥落，尔将安归？"的困局；现代的人则随着欲望之江陷溺于迷茫之湖，向外永无休止地需索，然后用"身不由己"来做借口。

即使我们真是身在江湖，也要了解江湖真实的意涵，"春风桃李花开日，秋雨梧桐叶落时"，江湖实不可畏，怕的是自己一直把手放在水缸里翻搅。

如果马祖与石头还在，我也真想去走江湖，但是如今最好是安住于自己的心，来让那心水澄清，以便哪一天，可以拿来饮用呀！

丛林的迷思

一枝草

一点露

一个人

一片天

　　我很喜欢佛教里把"道场"称为"丛林"，听说这丛林的称呼是来自《大智度论》，意思是和合的僧众居住在一起，好像树木聚集的丛林，那样天然、无为，其中自有规矩法度，草木不会胡乱生长。

　　唐宋时代，丛林极一时之盛，有的多达数千人聚集，各司其职，在空闲的时候则自在林边泽下，思维、参究、悟道，百丈禅师为了管理丛林，创制了《百丈丛林清规》，这可以说中国在管理学上的巨著，可惜后来失传了，只留下法度，而佚失了著作。

《百丈丛林清规》最主要的精神是"一日不作，一日不食"，是说生活在丛林的人不可不参与作务，每个人都要有奉献的义务，才有资格吃饭。

百丈怀海禅师不只是制度的建立者，也是实践者。有一个动人的故事，是说他到了九十岁，弟子看到师父年老，不忍心让他再到田里工作，又不敢去劝师父，只好把他的锄头藏起来，找不到锄头的百丈虽然不下田，但是也不吃饭，他绝食三日，弟子劝请他吃饭，他说："我不是规定过，一日不作，一日不食吗？"弟子只好再把锄头还给他，传说百丈活到九十六岁，工作到临终前的最后一天。

百丈禅师为什么规定"一日不作，一日不食"，而不规定"一日不坐，一日不食"或"一日不思，一日不食"呢？除了是要让人人奉献心力之外，是在表达唯有在实践中所得到的体验，才是真实的体验；真正的智者不是从空想来的。那在丛林中参天的巨树，哪一棵不是历经风雨而长成的呢？

从前在乡下，我的父亲经营林场，我每次走入林场都会莫名地感动，看到茂林中的树木，自己形成生长的间距，而不失其法度，互相也无碍于对方的生长，让我们知道大自然的本身就有规矩与方圆。想到台湾俗话说："一枝草，一点露；一个人，一片天。"其中有深意在焉。

人如果是一棵树，我们至少应该有所期待，期待每个人终有成为栋梁的一天。

人如果是一棵树，我们至少应该有所立志，志愿每个人都能向天拔高。

人如果是一棵树，我们至少应该有所容忍，容忍别人也有生长的空间。

树与树间要互相挡风雨，人与人之间要相濡以沫，因为孤树容易在风雨中摧折，也易被闪电击中；霸道自高的人则容易骄狂，失去真情的心。

我们穿的衣服是织工缝制的，我们吃的饭是农夫种的，我们住的房子是建筑工人盖的，就是我正在写的这一张纸，也不是轻易得来。这样一想，人生于天地之间，免不了与其他的人发生关系，因此，我们所做的，不管是采桑搓麻的小事或是经世立民的事业，都只是在尽一个人的本分，都像是一枝草上的一滴露水，实在没有什么可以骄人的。

这种如丛林一样的关系，中国的思想家早就说得很清楚了，像："善御者不忘其马，善射者不忘其弓，善为上者不忘其下。"（《韩诗外传》）"政如农功，日夜思之，思其始而成其终，朝夕而行之。行无越思，如农之有畔，其过鲜矣！"（《左传》）"商不得通有无以利农，则农病；农不得力本穑以资商，则商病。"（张居正）

在我们的丛林里，只要有一棵树病了、倒了，一棵树燃烧了、长歪了，整个社会就要付出很大的代价，最好是在自己力行"一日不作，一日不食"，在社会则有"人人安康，户户平安"的期许，才是自然的好事。

有一首流行歌说："留一点自己给自己"，但居住于水泥丛林的我们，关系比古代丛林更密切得多，是不是也愿意"留一点自己给别人"，或"留一点别人给别人"呢?

我愿为草而有露，也愿草草皆有露；我愿为人而有天，也愿人人头顶一片天!

真心相待

一切好的思想、语言、行为

都源自

真心的相待

　　带孩子去买鞋子，一开始，店员小姐还满热心的，试穿了几双，她开始有不耐烦的表情。孩子喜欢的样子，不是太大，就是太小；正好合脚的鞋子，式样都不是孩子喜欢的。

　　最后我们决定不买，当我对店员小姐赔笑脸地说："对不起，我们再看看好了。"她的脸立刻拉下来，臭不可视，我想起一句乡下人常说的俚语："那种脸，就像不知道你欠她多少会钱同款。"我立刻拉着孩子逃出店外，孩子幽默地说："爸爸，又一家拒绝往来户。"我们都笑起来，我心里暗自决定：即使以后需要打赤脚，也绝不会向这一家买鞋子。

其实，这一种情况不是偶然发生的，只要在台北买东西，隔几天就会遇到一次，那些态度恶劣的店员脸上时常写着轻蔑、怨恨的表情，仿佛不买东西就是欠了她一样，完全不知道服务精神是什么。我时常想，要把一家商店搞垮，最容易的方式就是请两个臭脸的小姐，像门神一样，包管可以做到"闲人免进，童叟必欺"的地步，那么再好的店也是不久就垮了。

因为买东西的人有很多选择，何必去受气呢？所以一遇到这种"内有恶姐"的商店，我一律将之列为"拒绝往来户"，就算里面有一斤黄金卖三元，我也不会再去"交关"了。

我一直想不通的是，这些店员小姐哪里来那么大的火气？她们不上班的时候也是这个样子吗？难道她们心里对顾客、老板没有一点感恩之念吗？甚至，难道她们没有受到一点工作与服务的训练吗？

但是，我可以确定的是，一天如果几十次臭脸摆下来，这位小姐的美丽与性情一定会大变，内心里也会饱受折磨。我还可以确定，服务这么差的小姐，前途绝对不会有发展的，只好一辈子痛苦地做店员。我更可以确定，有她在的店生意一定不会好。

一个店员不能和善礼貌地对待顾客，可能与训练或待遇没有直接关系，更重要的是，没有学习到如何真心地善待别人，形诸于外，就是服务精神不佳，从内心来说，就是人格不健全。因为人格健全的人，不会少卖一双鞋子，就立刻怨恨生气的；人格健全的人也不会因为做店员而感到自卑不悦。以服务业来说，店员是一个最敏锐与高尚的行业，其地位有如军队里在最前线的战士，他的基本动作、战技、自信、勇气，平时是象征一个部队的形象，实战的时候则靠他们取胜。

如果没有好的战士，再好的司令、指挥官、防御工事、武器，都还是要打败仗的；如果没有好的店员，再名贵的品牌、再华丽的店都是要倒店的。

有一天，我在百货公司化妆品专柜，看到一位小姐不断地在纸上写字，我好奇探头一看，发现满纸写满了同一个"忍"字，使我感触很多，她是在忍什么呢？忍耐工作？或是忍耐顾客呢？

能忍已经不错了，表示对自己的工作"认命"，谁叫我们做了店员呢？做店员就是要认命的服务。但能不忍更好，从内心里真心对待顾客，就像对我们自家的人，还有什么痛苦可言？

我喜欢看在超级市场、超商、速食店工读的学生，他们的待遇比不上一个店员，可是他们充满朝气、有活力，不怨叹工作，我总是在一边想着：这些工读生卧虎藏龙，将来的世界一定是他们的天下，他们绝对不会一辈子做店员的。

反过来说，假如一个人连店员都做不好，还能期待他做出什么伟大的事呢？

让我们多一点真心的对待吧！多给别人一个微笑、一点宽容、一些关怀，否则，在商店成为拒绝往来户还不要紧，万一成为人生里被拒绝往来的人，就很可悲了。

秋月难得

春花难得

夏日难得

秋月难得

冬雪难得

生命中的一切是如此难得呀

　　应邀到一个青少年夏令营去演讲，到了才知道比我预设的年龄小得多，全都是初中一二年级的小孩子，甚至也有小学高年级的。

　　演讲一开始的时候几乎难以进行，因为他们一分钟也安静不下来，场面快要失控的时候，窗外突然下起大雨，一个女学生站起来说："老师，可不可以去收衣服，再来上课？"

　　"当然可以了，给你们十分钟的时间去收衣服。"我说。

哗——一哄而散，十几分钟后陆陆续续回来了，我站在窗口看他们青春奔跑的背影，心里有一丝苦恼，想着要如何进行接下来的一个半小时演讲。

等他们坐定，教室里仿佛还有十几群麻雀在那里吱吱喳喳，这种情景，使我打心里佩服起在初中任课的教师。

我问坐在我正前方一个看起来很灵慧的女生："你们到底对什么最有兴趣呢？"

"自杀！"女生大声说，脸上有一种嘲弄的表情。

一百多位学生突然都安静了，然后同时高声叫着："是呀！自杀！自杀！"

"那么，就让我们来谈自杀吧！"我的回答使学生都呆住了。我说："有谁看过人自杀的请举手！"全班鸦雀无声，我缓缓地举起自己的手，对学生说，"从前在跑社会新闻的五年中，我看过许多人自杀，什么方式都看过。"

接着我说："你们觉得自杀最好的方法是什么呢？"

"跳楼！"一个学生说。

"跳楼死的人，如果头先着地，就会脑浆流出来；如果脚先着地，就会两腿折断，甚至因为震荡的关系，眼睛会跳出来。"我说。

"喝硫酸！"

"喝硫酸死的人，从舌头、口腔、喉管，一直到肠胃全部烧烂。万一没有死，一辈子可能都要由肚子以导管吃饭。"

"跳水，老师，跳水最好了！"

"跳水死的人肛门会张开，肚子肿胀，看到亲人的时候会七孔流血，可见是死得很痛苦的。"

"都是傻瓜，当然是吃安眠药最好了。"

"吃安眠药最不容易死，万一死了，从服药到死亡可能要痛苦几十小时，如果被救活了，也可能要变成植物人！"

哗！大家七嘴八舌，终于得出一个最简单的结论：到目前为止，还没有一种很好的自杀方法，自杀比活着还难。

"那么，最值得让人自杀的原因呢？"我问。

"殉情！"

"功课不好！"

"事业失败！"

"父母不和！"

大家吵闹不休，我说："我们用投票来决定哪一种原因最值得自杀吧！"

结果，不出所料，认为爱情是最值得自杀原因的占百分之八十，女生更是百分之百。

我说："这个世界上据说有百分之九十九点九以上不是初恋就结婚的，也可以说绝大部分人失恋以后都还活着，有很多还活得不错，可见失恋而不自杀也可以活得很好呀！"

当我做了这样的结论，下课钟响了，小孩子兴高采烈地冲出去，外面还下着雷雨，听着雷声，我觉得偶尔的狂风暴雨也是难得的！

看着孩子的背影，我深心里有这样的祝愿：但愿这一批孩子在长大的过程里，可以更体验到生命的难得。也使我想起佛经里"一失人身，万劫不复"的话来。

空白笔记本

在急速流过的每一天

我们为生活

留下什么呢

到一家非常精致、讲究品位的书店买书，顺道绕到文具部去，发现一个非常奇特的现象。

在这家书局里的书售价都在一百到两百元之间，可是一本普通的笔记本售价都在两百元以上，稍微精致一点的则都在五百元以上。由于我平常都使用廉价的笔记本来记事，使我对现今笔记本的售价感到有点吃惊。

站在作者的角度，一本书通常所使用的纸张都比笔记本要多要好，而一本书的成本有印刷、排版、校对、版税等等费用，理论上成本比笔记本高得多。再加上书籍的流通有特定对象，范围比笔记本小得多，销路比不上笔记本。因此，一本笔记本售价在五百至一千元，感觉上价格是不太合理的。

我问店员小姐说："为什么这些笔记本这么贵呢？比一本书贵太多了！"

她给了一个我意想不到的答复，她说："哎呀！书都是别人写的，写得再好也是别人的思想，笔记是给自己写的，自己的想法当然比别人的想法卖得贵了。"

说得真好！

走出书店，我沿着种满松香树的敦南大道散步，想到笔记本卖得昂贵其实是好现象，表示这个社会的人生活比从前富裕了，大家也更讲究品质了，有能力花更多的金钱来购买进口的文具。

但是我立刻想到，从前的作家钟理和在写作的时候，甚至没有钱买稿纸，很多文章是写在破旧的纸片上。今年春天我特别到美浓去看钟理和纪念馆，看到作家工整的笔迹写在泛黄的纸片上，心中感慨良深。

接着我想到了，现在大部分的人都用昂贵的笔记本，但真正拿来写笔记的又有几人呢？记得我在离开书局的时候，店员小姐说："现在很多人花钱买笔记本不是用来写的，他们只是收藏笔记本，有的人一次买很多本呢！"这还是我第一次听到有人专门收藏笔记本，他们可能从来不写笔记，但他们不断地买笔记本，使得笔记本的设计日益精美，售价也一天比一天昂贵了。

比较起来，我自己是有点实用主义的倾向，再美丽精致的笔记本拿到手里总是要写的，有时候，一年要写掉很多笔记本，由于消耗量大，反而不会太在乎笔记本的质量。

但是一本写满自己的生活、感受与思想的笔记本，虽然形式简单、纸张粗糙，总比那些永远空白的昂贵笔记本有价值得多。——在这一点，我觉得店员小姐说得好极了，笔记是为了记录自己思想而存在的，如果我们只是欣赏而不用它，那不是辜负了那棵因做笔记本而被牺牲的树吗？

一个人活在世上，可能庸庸碌碌地过一辈子，然后什么都没留下就离开了尘世，因此我常鼓励别人写笔记，把生活、感受、思想记录下来，这样，一则可以时时检视自己生命的痕迹；二则透过静心写笔记的动作可以"吾日三省吾身"；三则逐渐使自己的思想清明有体系。

一天写几页笔记不嫌多，一天写一句感言不嫌少，深刻的生命、思维就是这样成熟的，如果我们不能在急速流过的每一天，为生活留下一些什么，生活就会如海上的浮沤，一粒粒破灭，终至消失。

我们有很多人有密密麻麻的电话簿，有麻麻密密的账簿；也有很多人在做生涯的规划，做五年计划、十年计划；可是有谁愿意给自己的今天写些什么呢？愿意给生活的灵光一闪写些什么呢？

唯有我们抓住生活的真实，才能填补笔记的空白，若任令生活流逝，笔记本就永远空白了。

龙眼与凤眼

带着想象力的眼睛

每一只都是很美的

与孩子一起吃龙眼的时候，他突然问说："爸爸，龙眼为什么叫作龙眼？"

我怔了一下，说："因为，龙眼长得像龙的眼睛呀！"

"龙的眼睛？有谁看过龙的眼睛呀？"

"当然没有人看过龙的眼睛了，不过，第一个为龙眼命名的人，在吃龙眼的时候想到龙的眼睛吧。"

"可是，所有动物的眼睛长得都一样，为什么不叫狗眼或猪眼呢？"

我对孩子说，第一，不是所有动物的眼睛都一样，像猫眼和狗眼就很不同。第二，一切事物都要透过想象力才美，如果"龙眼"叫做狗眼或猪眼就没有想象力，不美，吃起来心里一定怪怪的。

"喔！我知道了，因为大家都没见过龙的眼睛，'龙眼'感觉就很美，对不对？"

"是呀。"我说。

"可是，为什么不叫做凤眼呢？有没有东西叫凤眼呢？"

有的，我对孩子说，有一种像栗子的硬果名字就叫凤眼果，桃红色的果荚包着黑色的果实，那果荚的形状与凤眼真的很像。

孩子没有吃过凤眼果，疑惑地看着我，我无法完全形容出凤眼果的样貌，不过看到他那神往的眼神，就知道他把凤眼果想得很美。

过了几天，我们一起到超级市场买东西，他突然大叫："凤眼果！爸爸，快来看呀！"果然，台北的超级市场竟也卖凤眼果，孩子端详半天，说："真的很像凤的眼睛哩！"——当然，孩子并没有真见过凤的眼睛。

我们买了两盒凤眼果，回家用糖爆炒来吃，味美极了，吃的时候，孩子说："爸爸，从前的人真的好会命名，好有想象力呢！"

"是呀，想象力才是最美的眼睛！"我说。

"释迦、莲雾、黑珍珠、火龙果、二十世纪梨、水蜜桃、西瓜、南瓜、矮冬瓜……对了，还有柳橙、芭乐，都好美呀！"孩子开心地说。

盛夏的凤凰花

在凤凰树下
做着作家的梦
使我感受到
生命的深刻与开展

返回故乡旗山小住，特别到我曾就读的旗山中学去，看看这曾孕育我，使我生起作家之梦的地方。

旗山中学现在已经改名为"旗山国中"，整个建筑和规模还是二十几年前的样子，只是校舍显得更老旧，而种在学校里的莲雾树、椰子树、凤凰树长得比以前高大了。

学校外面变化比较大，原本围绕着校区的是郁郁苍苍的香蕉树，现在已经一株不剩了，完全被贩厝与别墅所占据，篮球场边则盖了一排四层楼的建筑。原本在校园外围的槟榔树也被铲除了，长着光秃秃的野草，附近的人告诉我，那些都是被废耕的土地，还有几块是建筑用地，马上就要动工了。

看到学校附近的绿树大量减少，使我感到失落，幸好在司令台附近几棵高大的凤凰树还是老样子，盛开着蝴蝶一样的红花，满地的落英。

我在中学的记忆，最深的就是这几棵凤凰树，听说它们是我尚未出生时就这样高大了。从前，每天放学的时候，我会到学校的角落去拉单杠，如果有伴，就去打篮球，打累了我便跑到凤凰树下，靠着树，坐在绿得要滴出油的草地上休息。

坐在那里的时候，不知道为什么会有一个内在的声音在呼唤着，将来长大要当作家，或者诗人；如果当不成，就做画家；再做不成，就做电影导演；再不成，最后一个志愿是去当记者。我想，这些志愿在二三十年前的乡下学生里是很不寻常的，原因在于我是那么喜欢写作、画画和看电影，至于记者，是因为可以跑来跑去，对于初中时没有离开过家乡的我，有很强大的吸引力。

在当时，我的父亲根本还不知道人可以靠写文章、绘画、拍电影来生活。他希望我们好好读书，以便能不再依赖农耕生活，他认为我们的理想职业，是将来回到乡下教书，或做邮局、电信局的职员，当然能在农会或合作社、青果社上班也很好，至于像医生、商人那种很赚钱的行业，他根本不存幻想，他觉得我们不是那种根器。

对于我每天的写作、绘画，赶着到旗山戏院或仙堂戏院去捡戏尾仔的行径，他很不赞成，不过他的农地够他忙了，也没有时间管我。

我那时候常把喜欢的作家或诗人的作品，密密麻麻地写在桌子上，有一回被老师发现，还以为我是为了作弊，后来才发现那上面有郑愁予、周梦蝶、余光中、洛夫、司马中原、梦戈、痖弦、朱西宁、萧白、罗兰等等名字。当然我做梦也没想到二十年后，会一一和这些作家相识，大部分还成为朋友。

　　为了当作家，我每天去找书来看，到图书馆借阅世界名著，一段一段重抄里面感人与精彩的章节，那样渴望着进入创作心灵，使我感受到生命的深刻与开展；有时读到感人的作品，会开心大笑或黯然流泪，因此我在读中学的时候便是师友眼中哭笑无端的人。我也常常想着：如果有一天能够写作，不知道是幸福得何等的事，当然，后来真的从事写作，体会到写作的不易是很多年以后的事了。

　　坐在盛开的凤凰树下所产生的梦想，有一些实现了，像我后来去读电影，是由于对导演的梦从未忘情；有近十年的时间专心于绘画，则是对美术追求的愿望；做了十年的新闻工作，完成了到处去旅行探访的心愿；也由于这些累积，我一步一步地走向写作之路。

　　关于做一个作家，我最感谢的是父母亲，他们从未对我苛求，使我保有了更大的想象空间，也特别感谢我的大姐，当时她在大学中文系读书，寒暑假带回来的文学书籍，便是我的启蒙老师。

　　在凤凰树下，我想着这些少年的往事，然后我站在升旗台往下俯望，仿佛也看见了我从前升旗所站的位子，世界原是如此辽阔，多情而动人；心灵则是深邃、广大，有无限的空间；对一位生在乡下的平凡少年，光是这样想，就好像装了两只坚强的翅膀。

　　眼前这宁静的校园是我的母校呀！当我们想到母校，某些爱、关怀，还有属于凤凰花的意象就触动我们，好像想到我们的母亲。

学打球

没有被拍打过的皮球
不算皮球
没有经过打击的人生
也不是人生

1

孩子叫我教他拍皮球，一开始，皮球总是贴在地上，跳不起来。

"用力拍！"我说。

他用力一拍，皮球就飞出去了。

捡回来，重新开始。

"掂一掂力气，注意方向，等皮球弹起来和手的力气配合，再拍下去。"

光是学拍球就花了好几天时间，我一边教一边想："何况是人生呢？人生比拍皮球难多了。"

人生有时像拍皮球，不用力往地上拍，皮球不会跳起来；要适度地打击，才能继续拍下去；愈用力，弹得愈高。

没有被拍打过的皮球，不算皮球；没有经过打击的人生，也不是人生。

2

带孩子去打羽毛球，刚开始，连发球都困难重重，别说是接球了。

曾经有连续七次，球丢上去，打不着。

孩子自我解嘲地说："爸爸，我快要破世界纪录了，不知道世界上有没有人，连续七次羽毛球发不出去的！"

我们都笑了，我说："你再多几次发不出来好了，免得有人破你的纪录。"

啪！话还没有落地，第八次发球来了，漂亮的发球！

"在失败的时候，有幽默感是很重要的！"我想。

现在孩子的羽毛球打得不错了，时常教别的孩子打羽毛球。

当别的孩子发球打不中的时候，我总听到孩子说："别泄气！我曾有七次发球打不中的纪录呢！"

3

踢足球更难，因为平常我们很少用脚做细腻的动作。

如何踢直、如何平踢、如何踢高、怎么传球、怎么盘球、怎么停球……虽然孩子说什么也不肯相信老爸高中时是足球校队的，我还是耐心地解说着足球的基本技巧。

孩子不耐烦了，说："爸爸，光是学基本技巧有什么意思，都没有输赢，我们先来比踢十二码球好了。"

"好呀！"我把球摆在十二码球的定点，孩子煞有介事地冲过来，姿势美极了，但不管如何用力，总是踢不进门，有时连球都踢不出来，最后累倒在地上。

"不管做什么，总要先学基本动作，然后才能谈输赢呀！"我对孩子说。

等把动作学好了，十二码球有如探囊取物，一下就踢进了。

这时候孩子又说了："可是，如果踢十二码球，没有人守门，踢起来有什么意思呢？"

是的，在生命的进程中，有了基本技巧，有了斗志，还得有个对手呀！

4

最近，篮球在打亚洲杯，常和孩子夜晚看转播，输给韩国那一场，孩子气得哇哇大叫，只输了一分。输给日本那一场，孩子捶胸顿足，其实，也只输了三分。

"我们篮球队干脆以后别去打球了，真是太烂了！"孩子说。

我说，对我队来说，这两场已经超好了，前几场虽然赢了，但打得真难看，这两场输了，但打得好看。我说："球赛好看就好，输赢没什么。你看职棒对打，互有输赢，好看的是打，而不是赢！"

孩子想想有理，才甘心去睡觉了。

人生也是如此吧！有时我们打得很好，却输了；有时无心乱打，却赢了。

打球有什么要紧，不论输赢，终是游戏。生命的输赢有什么要紧，也只是一场游戏罢了。赢了，日子要过；输了，不也一样要生活吗？

唰！偶尔来个三分球，那就很好了。

改名换姓

百合花

无论叫什么名字

都一样纯净美丽芬芳

　　住家后面有一个市场，黄昏的时候都有小贩聚集叫卖。我喜欢去逛这纯粹是小市民会聚的市场，去看看小贩，看看人生的各种面貌。

　　有一天，看到一位衣冠楚楚的男士在路边摆摊子，卖服装，他扯开嗓门说："全部是法国和意大利进口的高级男装，没有一件是台湾制造的。"

　　摊子前面很快就挤满了人，倒不一定是被法国或意大利吸引，而是一般来市场摆摊的小贩都是风尘仆仆的样子，有一些甚至是灰头土脸的。这小摊的主人服装非常高雅，仪表堂堂，这一点特别引人注意。

我走上前去，忍不住问他："真的都是意大利和法国进口的？"

"当然是真的！"他很肯定地说，外加一句，"如果不是法国和意大利进口的，我明天就改名换姓。"这一说，使在场的人都笑了。

"怎么卖？"我问。

"法国的一件二百九，意大利的一件三百九。"

我把他卖的服装拿起来看，果然每一件的牌子上都绣着法国或意大利，还有一些是写着米兰和巴黎。

在看的过程里，每当有人问他卖的服装是不是道地的欧洲货，他总是笃定地说："如果不是原装进口，我明天就改名换姓！"显然，这句话已经是他的口头禅了。因为他这样的保证，加上服装的样式、料子都不错，生意非常的好。

我没有买他的衣服，原因是想到一个朋友说的话："巴黎也有三重埔。"意思是来自巴黎的东西不一定是最好的。我也想到高中时代有一位同学，不管谈什么事情都有赌咒的习惯，口头禅是："如果我骗你，我的姓就倒过来写！"不明就里的人往往信以为真，我们熟知的人就不容易相信他的话，因为这位同学正好姓田，他的姓不管怎么倒过来写，都是一样的。

在离开小贩的时候，我回味着他的话："如果不是真的，我明天就改名换姓！"一般人容易相信这句话，乃是认为一个人的姓名是至关重要的，不容易想到有人可能为了二百九就改名换姓。

其实，名字真的那么重要吗？名字可以代表一个人的本质吗？那可不一定！

我们看到许多活跃的作家或影视明星，很少使用他们的名字，他们时常改名换姓，但我们不会以名字来确定他们的价值。

我在青少年时代写文章，甚至用过三十几个不同的笔名，有很多笔名甚至连自己也忘记了，用笔名的原因，一来是为了藏拙，怕自己的东西写得不够好。二来是由于文章的类型不同，为了区隔所致。三来是文章发表得太多，怕引起别人的反感。有时候，则纯粹为了好玩。

固定用本名写文章，是三十岁以后的事了，在这之前，几乎每隔几天就要改名换姓。

一篇文章的好坏，并不取决于写的人用什么名字；一首歌的好坏，也和唱的人叫什么名字无关；一件衣服的好坏，当然不能以牌子做标准。

因此，名字是一种迷思，如果站在一个比较宽广的角度看，它的价值是极有弹性的。例如"马樱丹"，在乡下叫作"死人花""天人菊"，我们叫它"鸡屎花"；"紫茉莉"是"煮饭花"；"野百合"，我到现在还常脱口说"喇叭花"。

我们看一个人的本质，不能以名字来作为论断。

我们在人生中追求的权位、名声，都只是生命的表象，更重要的是剥除一切外在的观点之后，一个人是不是能俯仰无愧地说："我是一个有价值的人。"

此后，我每次去黄昏市场，都没有再见到那位卖法国意大利服装的人，心里有时会怀念起来，不知道他现在改名换姓住在什么地方！

金片子

放下名利权位

我们认不认识

真实的那一个我呢

参加朋友的聚会，认识了一些富有的人，其中有一位递给我一张名片，金光闪闪，我正要收入口袋的时候，他说："这名片是纯金的喔！"

"纯金的名片？"我迟疑了一下，又把名片拿出来端详，一时之间不知如何是好。那给我名片的人说："你看看背面。"我翻过一看，发现背面角落里有一行小字"纯金999"。

那人补充说明："这黄金的名片是很珍贵的，价值很高的。"

我说："太好了，哪一天我拿到银楼把它卖掉。"然后我说："我也有一张名片给你，也是很珍贵的。"我把名片送给那富人，其实我的名片平淡无奇，而且是为了实践环境保护运动，特别选用再生纸印的，我觉得以再生纸印名片、印稿纸、印书都是十分珍贵的观念，因此我说："我这张名片是用再生纸印的，没有一棵树因为我的名片而倒下。"

在回家的路上，我还是感觉自己的心有一些不平静，原因是，我真的没有想到台湾竟然有人用纯金来印名片，这除了表示一个人的骄奢之外，还能表示什么呢？使用黄金名片的人，并不会因为名片的价值而增加自己的价值呀！想想一张价值千元的黄金名片，如果使用的人一天发出十张，那么一天光是名片就要费去万元的开支，一万元对于贫困的家庭已经是一笔很大的数目，为什么不把钱用来救贫济苦呢？

自然，黄金名片不是独立存在的事物，而是社会人心浮滥之下的产物，有人用黄金的水龙头和马桶，有人把美钞镶在马桶盖上。前一阵子，台北的一家餐厅也仿效日本，把金箔金粉撒在牛排上进食，这些事情如出一辙，都是在一方面炫耀自己的财富，一方面用以证明或肯定自己的身价，可悲的是，一个人并不会因使用黄金马桶，会有更健康的肠胃，也不会由于使用黄金的名片，就更增加自己的名位，只是徒然显示自己的功利与无知罢了。

社会环境日趋复杂，使人的价值也混乱了，大部分人无法以单纯的态度来肯定自我价值，只好用虚浮的、表面的东西来代表自我，于是撒着黄金的牛排出来了，黄金的名片出来了。以"黄金牛排"来说，古人吞金可以自杀，可知黄金吃进腹中，有百害而无一利，因为虚荣而吃黄金的人，有没有思考能力呢？"金屑虽贵，在眼为病"，在肠胃里当然也一样。以"黄金名片"为例，我确信真正有智慧的人决不会用黄金来印名片的。

在大家都还没有使用名片的时代，我们反而能测度一个人真实的价值，有了名片，许多人在名片上加各种头衔，反倒使一个人的真实面被隐藏了。我们从前可能说："某某人是一个人格者。"现在则会说："某某人是用黄金名片的人。"

像现在选举到了，常常收到候选人的名片，名片都是彩色印刷，有彩色照片，各种经历、学历，唯恐印得不详尽，有的竟要折成四折才将自己的价值印得完全，每次我把候选人的名片丢进垃圾桶时，心中未免感慨人的价值之不明，这使得整个政治上的选举只像是荒谬剧一样。

一位经营银楼的朋友来聊天，我告诉他黄金名片的事，他还不敢相信，后来我剪下名片一角让他化验，果然是真的！本来我私心里还希望，没有人真的会奢侈到真以黄金做名片，如今这希望也破灭了，唉！唉！

等我们把金片子毁了，银楼的朋友才问我："糟了，把那人的名字剪掉了，他叫什么名字？"

我一怔，说："我一心只想着黄金，哪里有心去记他的名字？"

两人相对大笑，只差没有笑出眼泪。

认识许多大师的人

不与万法为侣

不与千圣同步

自己的心

道一句出来

最近，朋友介绍一个新朋友，他玩笑地介绍那位新认识的朋友说："他是一个认识许多大师的人！"

我一时之间听不出这是赞词还是贬词，但那位认识许多大师的人已经笑得很开心了，他肯定地说："是真的，我认识许多大师。"于是，他如数家珍似的，把他认识的许多大师说了出来，光是做简介，如何认识，说过哪几句话，这样一个个大师下来，已花了一个多小时，听得我们耳花缭乱。

好不容易才觅得他喝一口茶的空隙，我说："我们该上菜了吧！"

接着，他口中的"大师言行录"往往塞满了每一道菜，我们这些没有认识什么大师的人，只好听他胡乱地盖，加上他是那样多嘴，使我们只好埋头吃菜，但耳听大师言行来吃饭，真是有碍消化的。

可怜一餐饭吃得我们痛苦不堪，几乎是夹着尾巴逃出来，朋友一出门就脸带微笑地说："你现在知道认识许多大师的人的厉害了吧！我保证下次在别的地方，他一定会说我的朋友林清玄怎么样怎么样。"

我说："你别吓我，一来我又不是大师，二来刚刚吃饭的时候，我一句话也没说。"

朋友赶着去上班，我一个人沿街散步，想到像这种"认识许多大师的人"，在社会上也常见，只是情节各有轻重，它在本质上很像"认识许多富翁的人""认识许多大官的人""名片上挂了许多头衔的人"，似乎如果不这样抬身价，自己就一文不值了。

借大师来抬身价，那还是好的，更可悲的是言必称大师，其实与大师只有一面之缘，却说得像隔壁亲家一样；最可悲的是，听这种人说话，往往没有重点，他自己讲大师讲久了，已经失去独立思考的能力，旁听的人，不知道他是在表达观念呢，或只是背了许多大师的言行？

见到这等认识许多大师的人，益发使我觉得古代禅师说的"不与千圣同步，不与万法为侣"真是非常重要。

一个人应该培养自己的见地、感受、体验，在人生的观点或实践中，展现自己的风采，如果一味以大师的思想为思想，以大师之语言为自己的见地，那就会沦于禅师所说的"担板汉"，仿佛担子上都挑着大师，反而失去自己的面目。

这意思并不是不需要大师，而是要以大师为启迪，不是以大师为自己的主体，也就是说大师可以做我们的火柴，而点燃的蜡烛则要自己储备。我们或者不会成为大师，但每个人都有各自的气质与本质，做一个真实的自我，总比作为偶戏的傀儡要好得多。

在每一出戏里，总有主角、配角，也有龙套，甚至有很多幕后的人物，对于一出好戏，每个人扮演好自己的角色是最重要的，戏剧如此，人生亦然，最怕的是自己成为一出戏的道具还不自知呀！

万法是崇高的，千圣是伟大的，对于平凡渺小的我们有如林木森森，但一座森林里不能没有小花小草来点缀风姿，安于做小花小草，有时需要更深刻的勇气与识见。

禅家把开悟境界称为"见到自己本来的面目"，其中有深意在；又把一个人选择修行之路称为"不向如来行处行"，也是在肯定自己走自己的路。

大师是我们的典范，是我们的坐标，是指南针而不是避雷针，我们要有自己的航道，才不会人云亦云，成为不会思考、失去创意的人。

来认识我们自己内在的那位大师吧！

黄昏·微温·冬雪的早晨

浪漫是心灵里更崇高的呼声

是老鹰一样强烈的个人主张

是狮子一样有坚强的姿势

是长颈鹿一样看见更远方的道路

是天鹅一样

独处时有群体的怀抱

是白貂一样

柔软、温暖，有灵醒的白

有一天，孩子问我说："爸爸，什么叫浪漫？"

这个我们在青年时代常挂在口中的名词，因为很久没有使用了，听起来感觉十分陌生，一时之间竟无法回答，只好反问儿子："你怎么会问起浪漫呢？"

原来，孩子刚学会一首流行歌，歌名是《一个爱上浪漫的人》，歌词是这样子的：

　　一个爱上浪漫的人
　　前生是对彩蝶的化身
　　喜欢花前月下的气氛
　　流连忘返海边的黄昏

　　一个爱上浪漫的人
　　今世有着善感的灵魂
　　睡前点亮床前的小灯
　　盼望祈祷梦想会成真
　　哦！这样的你执着一厢的情愿伤痕
　　像这样的我空留自作的多情余恨

　　就让我们拥抱彼此的天真
　　两个人的寒冷靠在一起就是微温
　　相约在那下着冬雪的早晨
　　两个人的微温靠在一起不怕寒冷

孩子虽然喜欢唱，却搞不懂其中的意思，我对孩子说："说真的，我也不懂呢！"

光是"一个爱上浪漫的人"这一句我就不懂，因为浪漫是一种本质，是自然表现出来的，而不是一种行为的表相，就像电视剧里常有的，冒雨在屋外站一夜，咬破手指写血书，坐在沙滩上一支接一支地抽烟，那不一定是浪漫，有时反而显得肤浅与无知罢了！

至于什么是"浪漫"呢？是不是就是一个"善感的灵魂"？我查了《辞海》，其中并没有"浪漫"一词，只有"浪漫主义"，是指十八九世纪时，为了反抗规矩严谨的古典主义、合理主义，许多文学艺术家主张不同方式的创作，不同的艺术态度，它有三个特征：

一、注重主观、崇尚理想，打破一切形式，以豪放纵恣的个人情绪为贵。

二、好奇尚美，以平凡的日常生活不足以感动人心，所以取材中古，加以渲染。

三、反抗一切束缚个人自由的因袭道德及社会法度。

从这个观点看，浪漫是一种主义，也是一般人所说的"罗曼蒂克"（Romanticism），它是综合了性格、生活、思想、观念与态度的，当我们说到一个人很浪漫，不是说他做出许多空虚不可把捉的行为，而是他对生活有理想色彩、喜欢自由地表达，不受形式、道德、法度的拘限。光是有一个"善感的灵魂"是不够的，要有对生命的感性知见、坚持理想的勇气、自尊自主的胸襟才行。

浪漫因此不是文学艺术家的专利，我认为，凡是对人类文明有贡献的、坚持理想百折不回的人，都可以说是浪漫的人。远的像释迦牟尼佛、耶稣基督、老子、庄子、苏格拉底都可以说是浪漫的，近的像甘地、孙中山、林肯，甚至史怀哲、爱因斯坦、特蕾莎修女、证严法师等等，都有着浪漫的胸怀。那是一种不以现实、物质、利益是尚的态度，而是有心灵的深刻内涵，及长远的生命目标的。

如果浪漫是喜欢花前月下、流连海边黄昏、点亮床前小灯、祈祷梦想成真，那还不如不要浪漫，回家过踏实的生活就好了。

浪漫是心灵里更崇高的呼声，是一种内在优雅品质的点燃，是完美的梦之向往；是老鹰一样强烈的个人主张；是狮子一样有坚强的姿态；是长颈鹿一样看见更远方的道路；是天鹅一样在独处时有群体的怀抱，在群体中还有独处的心；是白貂一样，柔软、温暖，有灵醒的白。

"浪漫到底是什么呀？爸爸！"孩子看我陷入沉思，唤醒了我。

"最简单地说，浪漫就是给自己留一点空间，给现在的生活留点空间，给未来的生命留点空间。"我说。

"那么，这首歌到底是在说什么呢？它说的是不是浪漫？"

我告诉孩子，我有写歌词的朋友，他们通常做的是填词游戏，把同音韵的字从字典里抄出来，像"黄昏""微温""化身""气氛""小灯""天真""寒冷""冬雪的早晨"等等，然后把字填满，一首歌就完成了。有的人一天可以作七八首歌哩！只要他手里有一本字典。

"你只要喜欢听就好了，不必在乎它是不是真的浪漫。"我说。

可与不可之间

如果我们不去吃一根甘蔗

永远不会知道

那根甘蔗甜到什么程度

读佛教经典，有一点时常令我感到迷惑。

在佛经里，时常说到"第一义是不可思议"的，偏偏佛教有那么多的经典，一方面教我们如何思如何议，一方面又用许多象征、譬喻来描述，让我们去进入那不可思议的境界。

在禅宗的典籍，则时常强调"法不可言说"，可是几乎每一个祖师都曾留下开示、公案，说了许多的话来强调那不可说，因此，最强调"不可说"的禅宗，在《大藏经》里竟留下了文字最多的论述。

这不是"以不可说之矛来攻不可思议之盾"吗？到底是什么

意思呢？佛法真的是不可思议，禅心真的是不可说吗？

"不可思议"曾出现在许许多多的经典里面，最有代表性的是《华严经》与《维摩诘经》都称为"不可思议解脱经"。三十华严里说到诸佛菩萨的智慧、解脱、神力，乃是言语思虑所不能及，所以列举了诸佛有刹土、净愿、种姓、出世、法身、音声、智慧、神力自在、无碍住、解脱等十种不可思议。

另外，在《大宝积经》里说，如来具有身不思议、音声不思议、智不思议、光不思议、戒不思议、神通不思议、力不思议、无思不思议、大悲不思议、不共法不思议等十种不可思议。

如果我们再加上《阿含经》《大智度论》《阿弥陀经》等记载的种种不可思议，就会发现不可思议的事物实在太多了。既不可思、又不可议，我们如何来理解佛法呢？

不思议还是好的，如果"不可说"，就是连说都不能说了。什么是"不可说"呢？《大方等大集经》与《大品般若经》都说到"第一义毕竟空故不可说"。《大般涅槃经》则说到诸法的生与不生都不可说，甚至有深奥的六句不可说："生生亦不可说、生不生亦不可说、不生生不可说、不生不生亦不可说、生亦不可说、不生亦不可说。"

读到这样的句子，不要讲什么不可说了，就是要把它翻成白话都非常艰难。

由于诸佛菩萨的境界不可思议，而诸法又不可说，因此产生"不可得"的观念，说一切诸法的存在并没有固定的不变的形态，无从推察得知。"不可得"又叫"不可得空""无所有空"。

"不可得"的意思有四：一、不可能。二、不存在。三、无执着。四、不确定。

当我们把佛法强调成"不可思议、不可说、不可得"的时候，佛法就变得虚无缥缈，如果真是那样难知、难思、难议、难说、难得，那么佛陀当时在菩提树下得证的时候，从此逍遥度日，不必下深山、入市井、觑红尘，苦苦地说法度众了。禅师们也不必建丛林、辟道场、收弟子、开法席了，大可以吃饱了睡、睡饱了吃，不开口、不著述、不启悟了。

从反面思考起来，我把"不可思议、不可说"解释为"人生的真实之理，只可证知，不是言语所能陈述者"。不要说佛法，就是一杯茶、一根甘蔗也是不可思议和不可说的，我们如果没有喝过乌龙茶，纵使坐下来思维、议论三天三夜，也不会真的知道乌龙茶是什么滋味。我们如果没有吃过甘蔗，即使用尽天下的文字也无法描述甘蔗的味道。

从前，我没吃过榴莲，南洋的朋友说破了舌头，我还是无法想象榴莲的味道，有一天我吃到了，深深体会到从前为我说"榴莲"的朋友的苦心，因为榴莲的滋味根本是不可说、不可思议的。

在这个时候，我更体会到佛陀与祖师的用心良苦，他们以"不言说"来斩断我们的言语道断，以"不可思议"来切除我们好想象与议论的习性。他们说的最重要意涵是："法是用来体验，不是用来形容、想象与议论的。"这里面真的有很深刻的意思，唯有亲自体验，才会知道法味、法义与法喜！

生命与生活中的一切不也是如此吗？饭是用来吃的，不是用来形容；情爱是用来体会的，不是用来议论；苦瓜的滋味只能品尝，无法想象。

当我们把生命的一切都体验的时候，一切的形容、想象，与议论都成为辅助的情境，来深化我们实践的滋味。这也使我们知道，为什么有那么多经典来形容那不可说、不可思议的法了。

"我爱你！"三个字多么简单明了，但有智慧的人往往避免用这三个字，原因正是担心庸俗与肤浅。

"法是用来体验的。"多么明白简单，但担心它流于庸俗与肤浅，使一般喜欢玄奇奥妙的众生失去恭敬的心，所以说法不可说、不可得、不可思议呀！

林妈妈水饺

我们在人世里扮演着不同的角色
是由于各有不同的机缘
要互相爱护
长存感谢的心

市场里有个小摊，叫作"林妈妈水饺"，做的饺子好吃是附近有名的。

我走过饺子摊的时候都会去买一些饺子回家，二十个一盒的饺子卖三十五元，三盒一百元。有时候就站在那里，欣赏林妈妈与她的先生包饺子，他们的动作十分利落，看起来就像表演艺术一样，一盒饺子一分钟就包好了。

林先生与林妈妈的气质都很好，他们的书卷气看起来一点都不像是在市场包饺子的小贩，他们的人与摊子永远都那样洁净，简直可以用一尘不染来形容。

他们时常带着微笑，一人坐一边，两人包饺子的速度一模一样，包出来的饺子也一模一样。由于饺子好吃，生意好得不得了，常要等一二十分钟才能买到饺子，因此在摊子旁边总是围满等待饺子的人，大家都很安静，仿佛看他们包饺子是享受一般。

但是他们不是天天在固定的地方摆摊，只有星期一、三、六的黄昏才到这里来，有一次我忍不住问："为什么不天天来呢？"

健谈的林先生立刻接口说："因为我们在四个不同的地方摆摊子哩！饺子可以买回家冷冻，很少人会天天买饺子，通常两天买一次就很多了。"

买饺子的时候，我站在旁边等待，有时就和林先生、林妈妈聊起来，才知道他们原来不是路边的摊贩，林先生做了很多年的杂货批发生意，从大盘商那里批货，送到各地的杂货店去，由于守信尽责，生意做得很不错，但在五六年前做不下去了。

"生意为什么做不下去呢？"

林先生感慨地说："到处都开起超级市场，他们都是直接进货，根本不需要中盘的批发。再加上连锁经营的超级商店愈来愈多，统一、味全、义美、新东阳到处都是，连一般的小杂货店都收了，何况是批发，不知道要批给谁呀！"

他不得已把批发的事业收了，接下来失业好几个月，正好遇到一位朋友是在路边摆摊卖饺子，劝他何不摆个水饺摊。夫妻两个从头学习包水饺，他说："包水饺不是简单的事，我研究了很久才出来摆摊子，像配料、佐料、馅料都要加得恰到好处，这样才能维持品质，我们摆摊子的人靠的是口碑和信用，慢慢地就做起来了。"

像现在，"林妈妈水饺"的口碑和信用都做起来了，他在四个地方摆摊子，每个地方都要排队等待才能买到。

"生意这么好，一天可以包多少个饺子呢？"

"每天包的饺子在一万到一万五千粒之间。"林先生说。旁边站着的人一阵哗然，他们的饺子一粒一块六毛五，有人算了一下，一天可以卖出一万六千元到二万四千元之间，一个月的盈收超过四十万。

"真是不得了，比上班好太多了！"旁边的一位主妇忍不住叫起来。

"对呀！早知道包饺子生意这么好，我早就不做食品批发，来卖饺子了。"林先生风趣地说，但是他立刻更正说，"不过，卖饺子也真的很辛苦，在家里的时间都在忙配料，出来摆摊的时候，一坐就是一整天，每一粒饺子都是辛苦捏出来的，不像上班，偶尔还可以休息、偷懒一下。"

林先生真实的说法，令我也感到吃惊，没想到占地不到半坪的一张桌子，一天可以制造一万粒以上的饺子，也没有想到摆摊子一个月有数十万的收入。不禁想起老辈时常说的："要做牛，免惊无牛可拖"，一个人只要勤劳、肯用心，天确实没有绝人之路，不仅不会绝人，还会让人在绝境中开展出新的天地。

台湾的经济奇迹，是由一些平凡的老百姓勤劳与用心而建造起来的。隐没在我们生活四周的许多"排骨大王""豆浆大王""臭豆腐大王"等等各种大王，也是像林妈妈水饺一样，是一个一个在平凡中捏塑出来的，说不定哪一天，"林妈妈水饺"就会变成

"林妈妈水饺大王"了。

我们不必欣羡小小的饺子摊可以带来那么高的收入，因为只要一个人守本分，肯勤劳用心于生活，都可能创造类似的奇迹，就像林先生说的："我觉得咱生在这里的人真好，只要肯做，就赚得到钱，这世界上有太多地方，即使你肯做，也不一定赚得到钱！"

买好水饺，我沿着市场泥泞的小巷走回家。看到更多我认识的乡亲，有的是从阳明山载菜来卖的，有的是从宜兰开车来卖海梨柑，有的是坪林挑菜来卖的小农，有的声嘶力竭地卖着自己种的柳丁，他们都那样认命无怨地在生活。在黄昏的市集散去之后，他们都会回到温暖的家，准备着明天生活的再出发，看着他们脸上坚强的表情，与生活的风霜拼斗，不禁令我感动起来。

我们在人世里扮演着不同的角色，那是由于各有不同的机缘，因此我们应该安于自己的角色，长存感谢的心。像我认识的市场小贩，有大部分都是慈济功德会的会员，他们以行善布施来表达他们内心的感恩。

夜里，煮着林妈妈饺子，感觉到有一种特别的温暖。是呀！在流转的人间，我们要互相爱护、互相尊重、互相崇敬，因为每一个人都不可轻侮，各有尊严的生命。

失恋之必要

为了爱
失恋是必要的
为了光明
黑暗是必要的

这些年来，我时常思考到爱与恨的问题，因此收到你的来信感到特别心惊，你说到连续谈了三场恋爱，被三个不同的男人抛弃，感受到每一次谈恋爱的感觉愈来愈淡薄，每一次被抛弃则愈来愈恨。

第一次失恋，你的感受是：真恨！真想报复他！

第二次，你更进一步谈到：我一定要想办法报复！

第三次的时候，你的心喷出这样的火焰：我要杀死他！

读了你的信，使我在夜暗的庭院中再三徘徊，抬头看着远天的星星，月光如洗，呀！这世界原是这样的美好，为什么人的心中要充满恨意来生活呢？由于怀恨，我们的心眼昏眠，就看不见世间一切的好，自然也看不到自己在这里面的角色了。

我们时常谈到爱恨，但很少人去深思爱恨的问题，我现在用佛经的观点来看看爱恨，在南传的《法句经》里，把爱分成四个转变，也就是四个层次：

一、亲爱——对他人的友情。

二、欲乐——对某一特定对象的爱情。

三、爱欲——建立于性关系的情爱。

四、渴爱——因过分执着以至于痴病的爱情。

这四个层次逐渐加深，也就逐渐产生了苦恼，因此经上说了一首偈：

从爱生忧患，从爱生怖畏；

离爱无忧患，何处有怖畏？

苦恼生出恐惧，恐惧生出悲哀，悲哀再转为嗔恨，其实如果往前追溯，爱与恨是同一根源，好像手心与手背一样，所以佛陀说："爱可生爱，亦可生恨；恨能生恨，亦能生爱。"

什么是恨呢？经典里把忿恨连在一起，说它们是五种障道的力量，也是十种小随烦恼的两种：忿，恨之意，对有情、非情产生愤怒之心。恨，于忿所缘之事，数数寻思，结怨不舍。五种障道之力是欺、怠、嗔、恨、怨，欺能障信，怠能障进，嗔能障念，恨能障定，怨能障慧。

那么，像忿、恨、恼、嫉、害则是以嗔为体，嗔与贪、痴合称为"三毒"，贪与痴加起来产生嗔，所以嗔是心的最大障碍，在《大智度论》里说："嗔恚其咎最深，三毒之中，无重此者；九十八使中，此为最坚；诸心病中，第一难治。"

好了，现在我们知道爱欲与嗔恨的本质是相通的，我们可以来思考一些有趣的问题，一是爱虽然会转为恨，却不一定会转为恨，也可以说，失恋会使一些人意志消沉、忿恨难平，却也能使另外一些人更懂得去爱，开发更广大的胸怀，不幸的，你是属于前者。二是爱恨虽能束缚我们，它只是心的感受，有如波浪之于大海，其中并没有实体，是缘起缘灭罢了，可叹的是，大部分人不能随缘，反而缘起即住，爱的时候陷溺在爱里，恨的时候沉沦于恨中。

一般人在爱恨的时候很少有检验的精神，很少反观这情绪的变化，因此就难以革新与创发。久而久之，爱恨遂成为一种模式。

"由爱生恨"是最固定的模式，我们从小就被教育了这种模式，我们在电视、小说、电影里学习到这种模式，在亲戚朋友身上感染这种模式，反映到真实生活里，我们在爱情失败时，随之而起的便是恨，没有一个例外，我把这种叫做"模式反应"，那有点像蚊子从我们眼前飞过，它不一定会伤害我们，但我们会下意识地举手去扑杀它一样。

如果不是"模式反应"，为什么千百万人失去爱的时候都反射出恨呢？那是不是人性的真实呢？我有一个朋友说过，欧洲人与美国人失恋，所带来的恨意就比中国人或日本人淡薄得多，大部分西方人在失恋、离婚之后都能与从前的伴侣做朋友，那是他们的模式反应，没有像我们一样。

为什么我要和大部分人一样，失恋就憎恨呢？可不可以做一个卓然的人，失恋也不恨呢？

失恋的恨，那是由于两个原因，一是认为失恋是坏事，二是我们沉沦于过去的觉受。

我曾经在笔记上写了两句话："为了爱，失恋是必要的；为了光明，黑暗是必要的。"

那就好像，如果我们不饥饿，就无法真正享受食物；如果我们不生病，就不知道健康的可贵；如果我们不年老，青春对我们就没有意义；如果我们要种莲花，没有烂泥巴是不行的……

失恋不是坏事，春天过了就是夏天，秋天过了就是冬天，这是必然的过程。我们热爱春秋，但并不能阻挡炎热与寒冷的来临；我们热爱莲花、玫瑰、金盏花、紫丁香，但我们不能使它不凋零。

我们不喜欢凋零，然而，凋零是一种必然。

过去不能让它过去，未来不愿等待未来是人生最大的悲剧，其实，再怎么好的恋爱，每天都是不同的，我们甚至无法维持对一个人的爱，从早上到晚上都保有同一品质。也就是说，再好的爱都会失去，会成为过去式。

我们之所以为失恋烦恼，是因为我们不愿面对此刻、融入此刻，老是沉湎于过去。可叹的是沉湎于过去的人会失去生的乐趣，失去发现的乐趣，失去创造的可能，失去爱的能力。如果我们愿意走出来，就会发现就在此刻，就在门外，就有许多值得爱的人、许多值得爱的事物。

当然，不只是许多人值得爱，也有许多人等着爱我，只是我关在过去的枷锁里，他们没有机会来爱我吧！我要得到更好、更珍贵、更真实的爱，首先是使我的心得到自由。

看你满腹烦恼、满脸忿恨、满脑子报复之思，就是有这世界上最好的对象，也会被你错过了呀！

让我们一起来做一些创造性的工作，每天清晨起来，把昨天的爱恨全部放下，从零出发，对着镜子好好展现一个最美的笑靥吧！然后梳妆打扮（从心里的庄严开始），把自己最好的、最有魅力的那一面提起来，挺胸抬头走出门外，那才是今天的你、此刻的你，既然你认为自己是善良而美丽的，为什么不把善良和美丽表现出来呢？

如果是我，使我动心的异性，是那些有生机、有活力，能微笑走在风里的人，而不是怀忧丧志，满腹忿恨的人呀！

我说的这些都不是空话，而是我自己的体验，是我的开发与创造，说来你也许难以相信，我很感激那些从前抛弃过我的人，如果没有她们，就不会造就今天的我呀！

那些没有经过监狱的悲惨的人，不会懂得外面的世界是多么值得欢喜与感恩，你现在知道心灵监狱的悲惨，一旦你走了出来，就可以知道生命确是值得欢舞和庆祝的。

不要哭了，不要恨了，当你停止哭泣与怀恨的那一刻，我在你的脸上看到春天的光辉，那时，你是多么美，像一朵金盏花在清晨的阳光下温柔地开放。

虽然我没有见过你，但我真的看见了你转化恨意之后，脸上流转的光辉。

卷二　曼陀罗

理想的庄园

看报纸，知道"文建会"已经通过在南投的草屯成立"艺术村"，所谓"艺术村"就是艺术家居住的村落。由政府来规划创建的艺术村，在世界许多地方是常见的，但是在台湾建造艺术村，还是令人感到欣喜。

由艺术村，我想到是不是我们也可以来建造一座"佛教村""理想村"或"净土村"这样的村落？在台湾几乎人人都可以感受到环境破坏与污染的严重性，即使有心想居住在清净的地方几乎不可得，因为整个大环境已经败坏了。

说佛教、说净土或者有宗教色彩，暂且称为"理想村"吧！理想村最基本的理念是"诸善上人聚会一处"，这不是为了有更舒适的生活，也不是为了逃避现处的环境，而是，一为了过更自然单纯的生活，二为了实践一些共同理想，三是便于共修。

在佛陀时代，像祇园精舍、像给孤独园，相信就是一种理想村的形式，每天除了听佛陀的开示，也可以和来自各方的善知识常相聚首，没事的时候，在林中静坐、散步、思维，对于心性与智慧的提升一定大有助益。

有一次，十几位慈济功德会的委员大德来我家喝茶，我就向他们提出这样的构想。

有委员告诉我，他们几年来就一直想在花莲找地盖一座"慈济村"，一开始是基于现实的考虑，因为慈济现在已经有一百多万的会员，光是委员也有一千多人，每次聚会都使花莲途为之塞，飞机与火车票都很难买到，如果想在花莲过夜，住的地方根本不够，使得慈济人都是当天来回奔波，假若能盖一座"慈济村"，建一些简单素雅的房子，让大家到花莲有休憩住宿的地方，实在是很理想的。

这真是非常棒的构想，但是我心目中的理想村是较倾向于可以长住的心灵之乡，它是一个乡村的形式，即使是在城市里工作的人，也可以一年抽出一个月到四个月的时间到此居住，以慈济人来说，每次住个一两星期，必定对身心大有裨益。

由于是"理想村"，所有的村舍可以非我所有，想去居住的人，可以随时住到有空的房子里去，住的地方以小坪数为主，类似台湾乡间的民宅，但保留比较大的公共空间，例如书房、琴室、禅堂、讲堂、游戏室都为共有，这样一来，所有的好东西都可以共享，而且大部分的时间，人都可以走出户外与别人共处，维持了传统社会的温情。

理想村的宗旨应该是自由、自然、单纯、朴素，例如一切的作息与修行由个人决定；例如一切建筑都可以自然的素材搭成；例如食物以素食为主；例如日出而作，日入而息。在理想村里因为共同理想的呈现，在那里没有铁窗围墙，只有爱与关心；在那里没有混乱斗争，只有和平宁静；在那里大家的生活是凡夫俗子，大家的志愿则是菩萨心肠。

其实，寻找一个理想村子，一直是中国人的理想，我们读中学时都背诵过的《桃花源记》就是最好的写照。在一个开满桃花的村子里，日出而作，日入而息，鸡犬相闻，落英缤纷，芳草鲜美，正是一个理想村的典型。

近代思想家殷海光生前就有一个心愿，建造一座"梦想的庄园"，在里面读书、种花、盖图书馆，并且盖一些小房子送给朋友居住。他的庄园，据他的说法："要大到可以散步一个小时。"这是延续了杜甫的志愿："安得广厦千万间，尽庇天下寒士俱欢颜。"

很可惜，不管是"桃花源"或"梦想的庄园"，在历史上似乎没有实现过。那是因为有这个理想的知识分子都没有发财，而发财的人却都没有这种理想！

有一次我和朋友聊天，谈到佛教的净土宗之所以发达，是由于它是一个"理想村"，是阿弥陀佛"愿望的庄园"，它与中国知识分子从老庄就开始的心灵归向大有关系。既然现实里没有理想的国土，只有向阿弥陀佛的国土走去，我们隐藏在内在的理想才有可能实现。

净土宗的祖师善导大师就说："西方寂静无为之乐，毕竟逍遥离去有无。""随佛逍遥以归自然，自然即是弥陀国。"善导的师父道绰也说过："善力自然，正念自然，解脱自然。"这都是在说，希望能搬到阿弥陀佛的国土，去过逍遥自然的日子。

这种自由逍遥，在《大无量寿经》中说得更清楚：

天下和顺，日月清明。

风雨以时，灾厉不起。

国丰民安，兵戈无用。

崇德兴仁，务礼修让。

——这不是一个最理想的村子吗？

因此，佛教所说的"净土"，事实上是阿弥陀佛的"理想村"，是一种终极关怀、终极理想，可叹的是，我们为什么不在生前就创建净土的居所，一定要等到死后呢？这正是创建理想村必要的理由。

慈济不久前曾推动"预约人间净土"的活动，也是希望人间很快地成为"理想村"，慈济里有无数的大心菩萨，我们何不积极地来建一个理想村？

一个人间的理想村，必会使我们对净土有更坚强的信心。

一个人心中有理想村的心愿，正是一种倾向净土的心灵归向！

呀！慈济有现成的菩萨住世，如果再建一个理想村，对于混乱斗争的台湾社会，一定有莫大的启迪与典范的作用！

一只毛虫的圆满

起居室的墙上，挂了一幅画家朋友陆咏送的画，画面上是一只丑丑的毛虫，爬在几株野草上，旁边有陆咏朴素的题字：

今日蹋蹋独行

他日化蝶飞去

我很喜欢这一幅画，那是因为美丽的蝴蝶在画上已经看得多了，美丽的花也不少，却很少人注意到蝴蝶的"前身"是毛虫，也很少人思考到花朵的"幼年时代"就是草，自然很少有画家以之入画，并给予赞美。

当我们看到毛虫的时候，可以说我们的内心有一种期许，期许它不要一辈子都那样子蹋蹋独行，而有化蝶飞去的一天。当我们看到毛虫的时候，内心里也多少有一些自况，梦想着能有美丽飞翔的一天。

小时候，我曾经养过一箱毛虫，所有的人看到毛虫都会恶心惊叫，但我不会，只因为我深信毛虫是美丽蝴蝶的幼年时代。每天去山间采嫩叶来喂食，日久习以为常，竟好像对待宠物一样。我观察到那些样子最丑的毛虫正是最美的蝴蝶幼虫，往往貌不惊人，在破茧时却七彩斑斓。

最记得是把蝴蝶从箱中放走的时刻，仿佛是一朵花飘向空中，到处都有生命美丽的香味。

对毛虫来说，美丽的蝴蝶是不是一种结局呢？从丑怪到美丽的蜕化是不是一种圆满呢？对人来说，结局何在？什么才是圆满？这些难以解答的问题，正是我说的自况了。

初生于世界的人，是不可能圆满的，原因是这个世界原就是不圆满的世界，感应道交，不圆满的人当然投生到不圆满的世界，这乃是"因缘"所成。圆满的人，自然投生到佛的净土、菩萨世界了。

幸而，佛经里留了一个细缝，是说在不圆满世界也可能有圆满的人来投胎，凡圣可能同居，那是由于愿力的缘故，是先把自己的圆满隐藏起来，希望不圆满的人能很快找到圆满的路径，一起走向圆满之路。

"有圆满之愿，人人都能走向圆满。"我们可以这样说，这正是佛说"众生皆有如来智慧德相"的意思。

举一个简单的例子，我们来看几个人字旁的字，像"佛""仙""俗"。

仙，左人右山，意思是，人的心志如果一直往山上爬，最后就成仙了。

俗，左人右谷，意思是，人的心志如果往山谷堕落，最后就是粗俗的凡夫了。

佛，左边是人，右边是弗，"弗"有"不是"之意，"佛"字如果直接转成白话，是"不是人"的意思。"不是人"正是"佛"，这里面有极为深刻的寓意。当一个人的心志能往山上走，不断地转化，使一切负面的情绪都转化成正面的情绪，他就不是一般的人，而是觉行圆满的佛了。

成佛、成仙、成俗，都是由人做成的，人是一切的根基，人也是走向圆满的起点，这是为什么六祖慧能说："一念觉，即是佛；一念迷，即是众生了。"

从前读太虚大师的著作，他常说"人圆即佛成"，那时不能深解，总是问："为什么人圆满了就成佛呢？"当时觉得人要圆满不是难事，成佛却艰辛无比，年纪渐长才知道，原来，佛是"圆满的人"，并不是一个特别的称呼。

什么是圆满之境呢？试以佛的双足"智慧"与"慈悲"来说。

佛典里给佛智慧的定义是"妙观察智""平等性智""成所作智""大圆镜智"，如果把它放到最低标准，我们可以说圆满的智慧具有这样四种特质：一是善于观察世间的实相；二是能平等对待众生，因了知众生佛性平等之故；三是有生命的活力，所到之处，一切自然成就；四是有无比广大的风格，如大圆镜反映了世界的实相。

也可以说，假如有一个人想走向圆满，他要在智慧上有细腻的观察、平等亲切的对待、活泼有力的生命、广大无私的态度。我们试着在黑夜中检视自己生命的风格，便会知道自己是不是在走向圆成智慧之路。

慈悲的圆满境界则有两项标杆，一是无缘大慈，二是同体大悲。前者是对那些无缘的人也有给予快乐之心，是由于虽然无缘，也要广结善缘；后者是认识到自己并不是独存于世界，而是与世界同一趋向、同一境性，因此对整个世界的痛苦都有拯救拔除的心。

慈悲的检视也和智慧一样，要回来看自己的心，是不是与众生感同身受，是不是与世界同悲共苦？切望能共同走向无忧恼之境，如果于一个众生起一念非亲友的念头，那就可以证明慈悲不够圆满了。

因缘的究竟是渺不可知的，圆满的结局也杳不可知，但人不能因此而失去因缘成就、圆满实现的心愿。

一个人有坚强广大的心愿，则因缘虽遥，如风筝系在手，知其始终；一个人有通向究竟的心愿，则圆满虽远，如地图在手，知其路径，汽车又已加满了油，一时或不能至，终有抵达的一天。

但放风筝、开汽车的乐趣，只有自心知，如果有人来问我关于圆满的事，我会效法古代禅师说："喝茶时喝茶，吃饭时吃饭，睡觉时睡觉，说什么劳什子的圆满？"

这就像一条毛虫一样，生在野草之中，既不管春花之美，也不管蝴蝶飞过，只是简简单单地吃草，一天吃一点草，一天吃一点露水；上午受一些风吹，下午给一些雨打；有时候有闪电，有时候有彩虹；或者给鸟啄了，或者喂了螳螂。生命只是如是如是前行，不必说给别人听。只有在心里最幽微的地方，时时点着一盏灯，灯上写两行字：

今日踽踽独行

他日化蝶飞去

墨与金

带孩子去看一个绘画联展，看到一幅只画了几笔的水墨画，孩子不解地问我："这画只画了几笔怎么标价十万，旁边那一幅画得又大、又满、彩色又多，为什么只标价五万呢？"

一时使我怔在当地，我说："那是因为画这幅画的人比较有名，当然画就比较贵了。"

"有名的人也不能这样画两三笔就交差了事呀！"孩子天真地说。

我不知道要怎么样才能对孩子说，什么是"工笔画"、什么是"写意画"，或者如果要谈画价订定的标准，也是说不清的。只好说："画的价钱是由画家自己制定的，他认为自己的画值十万，就是十万了。就像我们买一包面纸，有的卖五元、有的卖十元。"

孩子点头称是。

走出展览会场的时候，我想起从前读中国美术史，读到两个不同的派别，一个是以李思训为代表的"金碧山水"，一个是以与李思训同时代的王维为代表的"破墨山水"。

金碧山水崇尚华丽辉煌，笔格艳雅、金碧辉映，有富贵气象，作品极尽工整细润缜密富丽之能事，常常全幅着色，密不透风，有时还要用金粉银粉做颜料，到处布满泥金，所以后代的人把这一派的画风称为"挥金如土"，也叫做"北宗山水"。

破墨山水则充满了抒情的田园情调，也糅合了恬淡的诗意，被称为"南宗山水"。这一派的山水到五代的李成更为突出，他被誉为"扫千里于咫尺，写万趣于指下"，"峰峦林屋皆以淡墨为之，而水天空处全用粉填"，他的笔墨清淡，成名甚早，有许多王公贵族向他求画，他说："吾，儒者！粗知去就，性爱山水，弄笔自适耳，岂能奔走豪士之门与工技同处哉！"他这种爱惜笔墨的态度，被称为"惜墨如金"。

经过千年，我们回来看"墨"和"金"的关联，使我们知道，"挥金如土"和"惜墨如金"并没有高下之别，只要一幅画作得好，金碧也好，破墨也好，都有很高的价值。

我想到有一次，应朋友楚戈的安排，到台北"故宫"仓库去看历代馆藏的佛经，这些佛经有的用墨书写，有的研黄金为泥书写，一般人听到是黄金为泥书写，甚至有用金丝刺绣的，都会觉得价值极高，但楚戈另有卓见，说："只要是名家笔墨，写得好，比黄金还贵重呀！"

确是如此，若以生命的绘图来看，一个人用生活的笔蘸墨汁来写生命的篇章，或是用黄金做泥来图绘生命的图像，用的材料固然不同，但只要写得好，就有高超的价值。在这个世界上，大部分人没有机会画出金碧山水，但是如果破墨泼得好，一样能绘出一幅好画。

不管人可以拥有多少东西，回归到基本的生活都是相近的，只是吃好、穿暖、居安、行健的琐事。记得今年被美国经济杂志评选为全世界首富的日本森建设公司董事长森泰吉郎吗？他拥有东京黄金地段的八十二幢大楼，资产现值日币二兆一千亿元，写成阿拉伯数字共有十三位数，是我们难以想象的财富。

但是，这世界第一大富翁，每星期上班三天，每天自带便当在办公室进食，认为"对不必要的东西花钱就是奢侈"。他已经八十七岁还卖力工作，不知老之将至。

记者访问他：目前最想要的东西是什么？

他诚实地说：是"时间"。

日本的经营之神松下幸之助，有一次应邀到东京大学演讲，开场白是："大家都想追求财富，但是现在我愿意用我所有的财富，和各位其中任何一位，来换取青春。"

对于有上兆金银的人，财富只是墨一样的东西，时间才是真正的黄金。

因此，"墨"与"金"是相对的，就好像生命历程所遭遇的祸福也是相对的，欢乐与苦痛是相对的，烦恼与智慧是相对的，贫与富也是相对的，善处相对之理的人，即使淡墨也能贵如黄金，不能善知相对之理的人，则黄金也如粪土。

贫富的相对，在佛经上说："知足者贫而富，不知足者富而贫。"

苦乐的相对，《贞观政要》里说："乐不可极，极乐成哀；欲不可纵，纵欲成灾。"

祸福的相对，老子说："祸兮福之所倚，福兮祸之所伏。"淮南子说："福之为祸，祸之为福，化不可极。"

时运的相对，《警世通言》说："运去黄金失色，时来铁也生光。"

青春与黄金的相对，苏东坡的诗里说："黄金可成河可塞，只有霜鬓无由玄。"

烦恼与智慧的相对，佛经里说："烦恼即菩提。"甚且以莲花做譬喻说："高原陆地不生莲华，卑湿淤泥乃生此华。……当知一切烦恼为如来种，譬如不下巨海，不能得无价宝珠；如是不入烦恼大海，则不能得一切智宝。"

在人生的这一幅画图里，善绘的人，笔笔都是黄金，不会画的人，即使以金泥为墨，也不能作出好画。

或者是巧合吧！"挥金如土"的金碧山水叫"北宗"，与神秀禅师渐悟修行的风格一样，也叫"北宗"；"惜墨如金"的破墨山水叫"南宗"，与六祖慧能的顿悟主张一样，也叫"南宗"。不管南宗北宗，能契机随缘，都能使人在生命中有所开悟；不能契机随缘，再好的宗法也免不了错身而过，失之交臂。

在我的书桌上，写了四句座右铭：

痛苦是解脱的开始
悲哀是慈悲的开端
烦恼是智慧的泉源
无聊是伟大的起步

在痛苦、悲哀、烦恼、无聊的困局之中，我们突然有所转化、超越与领悟，就在那一刻，人生变得破墨淋漓；就在那一刻，笔落惊风雨，一笔定江山，整个人生就金碧而辉煌了；也就在那一刻，繁华落尽见真淳，春城无处不飞花了。

那"一朵忽先发，百花皆后香"的一刻呀！使我想起杜甫的《春夜喜雨》诗：

好雨知时节，当春乃发生。

随风潜入夜，润物细无声。

布施，是菩萨净土

1

有人向我问起布施的事。

我说：布施就像泡茶一样，我们泡茶请客的时候，往往随手抓一把茶叶丢进去，不会算一茶壶共用几片茶叶。

一把茶叶的组成，是一片一片的茶叶，每一片茶叶看来都那样渺小，但一壶茶水里，每片茶叶都有芳香，不管泡多泡少，倒多少杯，每一杯茶里都有每一片茶叶的芳香。

布施也是这样，有时候我们把一片茶叶丢进一壶茶，虽然那么小的一片，与许多富有的人不能相比，但也只是如此小的一片，就盈满了整壶茶。

当别人在泡大壶茶的时候，别忘了丢一片茶叶进去，如果有能力，丢两三片更好；如果更有能力，抓一把丢进去也无妨。

从最小的一片茶叶做起，这是为什么佛教里说"随喜功德"，而不说"拼命功德"的原因了。

布施，正是从随喜开始。

2

有人问我说，布施的时候偶尔会想到回报的问题，该怎么办？

我说："我们可以来做一个实验。找一盆水和一杯蜂蜜，将蜂蜜倒入水里，搅拌均匀，然后想办法把蜂蜜从水中捞起来，试问这样可以做到吗？"

那人说："当然是做不到了，溶化的蜂蜜怎么可能取回呢？"

是的，一个人行布施正是如此，是把蜂蜜加入水中搅拌，一直到中边皆甜，端给别人喝，然后忘记蜂蜜是自己的，忘记蜂蜜的存在，乃至忘记喝掉那杯蜜水的人，这三重的不记，就是佛法说的"三轮体空"。

因而布施的人要有放下的态度、要有随缘的心，在时空因缘中，我们随缘地把自己有的也分给别人，那是使这世界因缘善的循环的开始。

我们随缘的布施，永远有利息在人间。

3

有人对我说，我们的人生这么有限，我们的能力这么渺小，布施出去的那一点点，真的对别人有用吗？

我说："那我们应该学习看山看海。"

最高的山，它不是独自存在，也是由土石形成的，山里的一块石头、一把沙看起来不重要，但在许多关键时刻，掉了一块石头，山就可能崩了。

最广的海，它不是虚幻所成，也是由一滴一滴的水组成，一滴水或者不多，很多滴水可能就会成为排山而来的波浪。

山水是由渺小与有限组成的，高大无边的功德之山，也是由渺小有限的功德组成的。每一个渺小有限的布施，都非常有用。

让我们来学习做一点布施吧！

随意一些，人人都可以用小石小沙堆成一座高山。

4

有人布施时有挣扎，担心布施被人骗了，甚至担心街头的乞丐都是假冒的，想布施担心受骗，不布施则于心有愧，怎么办？

我说，布施重要的虽然是财物，但有比财物远为重要的东西，就是心，心里生起布施的一念，那时心就柔软了，慈悲了，处在清净之中了。这种受惠，是财物所无法衡量的。

《维摩诘经》里说："布施，是菩萨净土。"正是这个意思，不要担心受骗，也用不着挣扎，在布施的那一刻，最受益的就是自己了。

常行布施的人，常处于清净之中；常行布施的人，心常觉醒而温柔；常行布施的人，是世上最有福报的人。

让我们常行布施吧！让我们的心常常处于净土吧！

原来的那一页

1

有人来和我讨论"愿"的问题。

他说，他为着"愿""发愿""愿力"的问题，苦恼得要失眠了。

原因是，像"愿"这个字时常被我们挂在口中，但是却无法落实，每一个愿在发出的时候都是无形无相的，"我们说自己发了一个愿，那个愿是不是那么确定、确立，不可更改呢？"

第二个困扰他的问题，是在经典上记载佛菩萨的愿都是广大无边，有的根本不能实现，像地藏菩萨的"地狱不空，誓不成佛，地狱若尽，方证菩提"，像观音菩萨的"愿度尽一切众生，若有一众生未得度，而自弃此宏誓者，愿头脑裂为千片"。那么，我们如果要发愿，是要发那些很大很大，可能无法实现的愿呢？或是发那很小很小，立刻可以实践的愿呢？

"很小很小，立刻可以实践的愿是什么呢？"我问他。

"例如每个月捐出一百元济助贫病的人；例如每个月去捐血50CC；又例如从此不对人说脏话。"

第三个困扰他的问题是"本愿"，所有的佛菩萨关于发愿的经典都叫"本愿经"，他们都可以知道过去世所发的愿，那叫作本愿，我们又不知道自己的本愿，发愿时既不知从前的愿，以后也不知会不会遗忘，此刻，要如何来确定自己的本愿呢？

第四个困扰他的问题是，诸佛菩萨发愿修行时都是"发阿耨多罗三藐三菩提心"，到证果时，是"证得阿耨多罗三藐三菩提"，什么是阿耨多罗三藐三菩提？如果"愿心"与"证果"都是一样的东西，那么愿到底是一条直线呢？或者是像叠床架屋一样，一点一点地累积起来呢？

"什么才是真实的愿呀？"他说。

2

是的，我们佛教徒常常谈愿，却很少有人深刻地思考到愿的问题。但是他来谈愿的那个下午，我急着赶飞机去高雄医学院演讲，没有时间相谈，我说："像我以前发愿要为众生破疑解惑，虽然到高雄去演讲很远，要花很长的时间，但要实践自己的小小愿望，也还是要去，我先去实践了，回来再慢慢与你谈愿吧！"

当我乘坐的飞机在云层上空的时候，我看到在天空中飘浮变幻着的白云，思索着"愿"的问题，是真的那么难以理解吗？

"愿"（願）的左边是"原"，右边是"页"，简单地说就是"原来的那一页"，在六个月以前，我在记事簿上写着"十一月五日下午七时，高雄医学院大讲堂演讲"，在写的时候，我是希望能到高雄去，但我不能确定可不可以去得成，例如说不定在六个月后的今天我生病了；又或者遇到台风，飞机不能起飞了；又或者主办的单位临时取消了……这些情形都有可能发生（而且真的都在我身上发生过），但在当时我还是在笔记本上写下了这一页。那"原来一页"简单的一行字，驱策我去订机票、赶飞机，现在就在飞机上了。

到了高雄，一切顺利，有五百多人来听演讲，都是医学院的教授和学生。我演讲的愿望，就是希望这五百多人里有一些能发起菩提心、菩提的愿望，即使只有一个人，则原来的那一页就没有白写。

演讲完后，已经是夜里九点半，再没有飞机回台北了，我只好去坐深夜十点四十五分的莒光号回台北。火车在黑暗之中穿过田园、穿过城乡，远处的灯像流火一般，在遥远的视界中闪烁；我又想到"愿"的问题而难以入眠，想到平常此时我已在温暖的被窝中就寝，只因为六个月前在册子上写的一行字，使我深夜犹在冷气过强的火车上奔波。

火车开得慢极了，足足开了七个小时，到松山火车站正好是清晨六点。大地正在泛白，我拖着疲累的步子走回家，身心都感到委顿，但想到或许有一位医学院的学生因此能有济世的心，去济助患病的急需救助的人，我的心感到欣悦，仿佛这样无私的付出都有了代价，身心顿感泰然。

回到家，我在六个月前的那行字上画了一个圆圈，表示这一页已经得到了实践、得到了完成，我心里有说不出的感恩。

3

愿不是那么不可理解的，凡是佛菩萨的愿都可以用两句话来概括，就是"志求无上菩提，欲度一切众生"，这称为"弘誓"，也叫作"总愿"。

在"总愿"之外，诸佛菩萨都依众生意乐有不同的愿，例如阿弥陀佛的四十八愿与药师如来的十二愿，就有很大不同，这叫做"别愿"。

至于本愿，也就是最初的发心，佛菩萨的本愿不离"愿作佛心""度众生心"。但由于修行的关系，果位逐渐增上，日趋于圆满，因位之愿会由于果熟了，而产生距离，这时，佛菩萨会再入于"因位"，或在实践上永不脱离因位，此称为"本愿"。以地藏菩萨与观音菩萨为例，他们可以成佛，却誓不成佛，即是永远落实于本愿的缘故。

在发心的那一刻，叫"愿心"。

更大的愿心生起更大的力量，叫"愿力"。

愿心极广、愿力极深，如大海的浩瀚无边，叫作"愿海"。

依照愿心、愿力、愿海去实践，称为"愿行"。

愿与行都圆满成就，叫"愿行具足"。

在具足之时，本愿成就则国土显现，那时则历历可见，称为"愿土"。我们看往生礼赞中的一首诗，就能知悉愿土成就的情景：

观彼弥陀极乐界，

广大宽平众宝成；

四十八愿庄严起，

超诸佛刹最为精。

4

在《华严经》里，依誓愿之船航向彼岸，称为"愿波罗蜜"，一个人要具有十种德行，才能清净愿波罗蜜：

一、尽成就一切众生。

二、尽庄严一切世界。

三、尽供养一切诸佛。

四、尽通达无障碍法。

五、尽修行遍法界行。

六、身恒住尽未来劫。

七、智尽知一切心念。

八、尽觉悟流转还灭。

九、尽示现一切国土。

十、尽证得如来智慧。

了解愿波罗蜜十德，就能知道"发阿耨多罗三藐三菩提心"，与"证阿耨多罗三藐三菩提"为什么无二无别了。那就好像我们现在发起一个去美国的心，这是"发心"之始；那我们会准备去美国的"资粮"，例如买机票、筹旅费、学英语，这是"行"的部分；有一天我们去了美国，这是"证"的部分。美国只有一个，在"想去"与"到达"之间，虽有距离，其目标是一致的呀！去美国如此，走向佛道也是如此。

有关佛的菩提，依照《大智度论》的说法有五种：

一、发心菩提——一切菩萨发心求取菩提，是得菩提果之因。

二、伏心菩提——菩萨透过各种波罗蜜的实践，制伏烦恼、降伏其心。

三、明心菩提——登地菩萨了悟诸法实相毕竟清净，如实知自心。

四、出到菩提——在不动地、善慧地、法云地的菩萨，在般若波罗蜜中得方便力，亦不执着般若波罗蜜，灭除了烦恼的束缚，出离三界，得一切智。

五、无上菩提——即是佛果的觉智，等觉妙觉证得阿耨多罗三藐三菩提。

所以说，阿耨多罗三藐三菩提是菩提的最高境界，"阿耨多罗"是"无上"之意，"三藐三菩提"是"正、遍、知"之意，合起来说是"无上正遍知"。

以其所悟之道为至高，称"无上"。

以其道周遍而无所不包，称"正遍知"。

这含有平等圆满的意思，大乘菩萨愿行的全部内容，即在成就此种觉悟，完成这种觉悟称为"佛"，是"无上正等觉者"。

因此，佛也称为"阿耨多罗三藐三佛陀"！

5

"什么才是真实的愿呢？"

对于愿的疑惑，我们已解决了大半，我深信所有在这世间，此生能行善的人，都是从前曾有本愿的菩提萨埵。像慈济功德会的诸菩萨、善上人，都是顺着本愿的轨道开向菩提的故乡；或是随着弘愿的航道，在飞向彼岸。这样想，常使我动容赞叹，心神震荡！

"我不知道是不是曾有那样的本愿呀？如果不是本愿，此刻要怎么做呢？"

在佛法里，把愿向前推动，叫作"愿轮"，有两个意思：

一是菩萨的弘誓，因为愿求坚固，能摧破一切魔障敌众，如转轮圣王的轮宝。

二是菩萨从始至终，回转于自己的誓愿而精勤不已。

我们的轮子不断向前走，只要看清前面的道路，忘记过去的痕迹有什么要紧呢？如果愿轮尚未转动过，从现在开始转动不是很好吗？

我想起飞机穿破云层、火车行走深黑的乡野的情景，我们一点也无畏，因为知道自己的发心，了解自己要抵达的目标。

这时我翻开六个月前写的原来那一页，在旁边加注两句：

　　愿慧悉成满，
　　得为三界雄。

愿，是我们写在心灵笔记上热情的希望，是给生命关怀的书帖，也是不枉费人间一遭的证明呀！

心的蒙太奇

最近重读被称为"蒙太奇之父"的爱森斯坦传记，还有他的著作《电影形式》《电影感》，与学生时代的感想完全不同，隐约找到一点禅味，心中十分快慰。

现在做电影的人，几乎无人不知爱森斯坦和蒙太奇，却少人知道爱森斯坦是如何创造蒙太奇理论的。

"蒙太奇"（Montage）原来是电影剪接的意思，在爱森斯坦的手中，它变成了创意、节奏、形式、灵感的综合，甚至成为一位杰出导演最重要的品质。

在爱森斯坦的自传里，他曾提过两次自己如何在创意中发现蒙太奇：

第一次是他在军事学校的东方语文系就读时，为了学习与俄文完全不同，几乎背道而驰的日文，他不眠不休地背诵日语，由于日语对俄国人的思考方式与文字次序是极为严酷的考验，使爱森斯坦学习到一种"非理性而情绪化的思考方式"，领悟到艺术创作也可以用非理性情绪化的思考来表达。

还有一次是爱森斯坦在波若雷卡剧院当导演时，每次排戏，一位引座招待员的七岁儿子总是在旁观看，爱森斯坦有一次看到那位男童的表情深受感动，觉得他那专注的神情甚至比舞台上的戏剧更动人。

他回忆说：

> 有一天排戏的时候，我被那男孩一脸专注的神态吓呆了。那张脸，不仅反映了部分角色的面部表情与动作，简直就是舞台上整个演出过程的最佳写照，这个脸部动作与舞台上的演出同时进行，并且相互辉映，令我惊讶不已。

我们今天看电影的人，都很习惯脸部特写与事件进行交互剪接、一起进行的技法，也能在事件情节分几条线同时进行的剪接中，不怀疑不同空间的"同时性"，正是始于爱森斯坦。

我觉得爱森斯坦在军校读日文的情景有点像禅宗里对公案的参究，而他在小男孩脸上看见的神情，则近于禅师的"启悟"，那都不是得自逻辑思维，而是心灵直观的精神。我在学生时代，有一位教导演学的教授很崇拜爱森斯坦，他常说："爱森斯坦对电影的重要性，一如爱因斯坦对科学的重要性。""相对论"与"蒙太奇"或许难以相提并论，但对于时空的不凡见解，则让人感觉到他们像禅师一样。

从"蒙太奇"，爱森斯坦发展出"吸引力蒙太奇"的理论，这理论有两个重要的观点，一是生活中再微小的事物，透过创造性的剪接，也可能产生伟大的观点。二是非理性或情绪化的运镜，可能是创造新境界的来源。

——古代的禅师以不合逻辑思维的方式来启悟学生，就是希望粉碎学生的僵化思想，来创造生命的新观点。他们认为悟是无所不在的，伟大的创见是无所不在的，所以才会说"喝茶去！""吃饭的时候吃饭，睡觉的时候睡觉。"如果有这样的平常心，生活都能恰到好处，了了分明，最平凡的地方也能有伟大的观点。

——我们试来看两则公案，一个僧问赵州："如何是祖师西来意？"赵州说："庭前柏树子。"二是僧问隆庆闲禅师："我手何以佛手？"答曰："月下弄琵琶。"看这些公案，我感觉，古代的禅师有一些简直是蒙太奇大师了。

爱森斯坦虽然常讲非理性（是指打破观众的惯性）是通达蒙太奇的手段。但他认为一位好的电影导演应该把创作分成两部分："一是创作性的，一是分析性的，分析是用来审查创作，创作则是用来验证理论之前提。"因此他发展了一种唯美的公式："我们并非因伤心而哭泣，而是因哭泣而伤心。"

——从禅修的观点来看，或者可以说："我们并非因禅修而开悟，而是因开悟而禅修。"开悟是创作性的，禅修是分析性的，禅修是用以审查开悟的境界，开悟的验证则是来自更深的禅修。"第一义"犹如创作的心灵是不可言、不可思议的，但一个人的智慧与定境则可以在人格上检知，这种检知不是无端的，是来自于反复思索、细心观察。

一八九八年出生于俄国瑞加的爱森斯坦，他成长过程中电影事业已经很发达，但形式已经僵化，因此在他年轻的时候，他一面极端热爱电影，一面极端向往改革，他把这种心情称为"最后的致命行动"。在发现"吸引力蒙太奇"之前，他写了一段笔记表明自己的心迹：

> 先精通艺术，再摧毁艺术。
>
> 首先，深入艺术之堂奥，参透其堂奥。
>
> 然后，精通艺术，成为一位艺术大师。
>
> 最后，揭开它的面具，并予以摧毁！
>
> 从那时起，艺术与我的关系，开始了崭新的局面。

青年的爱森斯坦早就发现，任何艺术要沿袭旧的形式，失去创造的活力，艺术就会死亡，因此挽救艺术唯一的方法就是改革。但改革不是盲目的，先"入其堂奥""精通""成为大师"，才有摧毁的资格。

——禅修也是如此，是一种心灵的革命，要"大破"才能"大立"，要"大死"才能"大生"，要"大叩"才能"大鸣"，要"大痛苦"才会有"大解脱"！

——大慧宗杲禅师在开悟时，烧了师父克勤圆悟的《碧岩录》。丹霞天然禅师开悟之后，在冬天把寺里的佛像劈来取暖。赵州从谂禅师在开悟时，把穷半生之力注解的《金刚经》放一把火烧了……这是从入堂奥，精通，成为大师，再摧毁，最后开始了崭新的局面。

——开悟的大师太热爱禅了，因此要粉碎禅的形式，让每个人找到自己的禅心，而不是要后人跟随形式的足迹。因此，才说"不与千圣同步，不与万法为侣，不向如来行处行"。

被称为"二十世纪达芬奇"的爱森斯坦常说："我要赤裸裸地呈现艺术创作的基本天性。"他的特质是把不同的素材与单元合在一起产生全新的性质，他依靠直觉来拍电影，甚至在最后一刻都可能完全改变原先的构想，他常说："照素材召唤你的方式行动，在现场改变电影脚本，在剪辑时改变现场拍摄的镜头。"

这种方式是为了使电影惊奇、震撼、有力量，他说："我拍的电影，从来都不是'电影眼'，而经常是'电影拳'。我的电影中摄影机从来不是'客观证人'，事物也非由不带感情的玻璃所观察，我喜欢在观众鼻子上重击一下！"

——这些话使我想到禅宗的"棒喝"，时常给弟子重重的一拳，以使弟子前后际断，得到启发。为了保有禅的精神，必须放下对于禅的固定认知；为了开发心灵的活力，必须保有最强的张力。正如爱森斯坦以歌德的一句话作为信条："为了保持事实，有时你要冒一次险来违背事实。"我们也可以说："为了开发禅心，有时你要冒一次险来违背那些关于禅的教导。"

中年以后，爱森斯坦在莫斯科电影艺术学院教书，他对学生说的话感觉就像出自一位禅师，他说：

"世界上每一个人都可以经由学习而成为电影导演，有人要学三年，有人至少要学三百年，而我爱森斯坦需时恰好三个月，而且是半工半读。"

"你们今后拍第一部影片时，把蒙太奇和我全部忘掉！在这里，你们学习；在外面，你们却必须做。在做当中，你们会发现过去所学的种种。"

"如果要拍跌倒，就要跌得正好。"

——世界上每个人都可以经由学习而得到开悟，有的人要三年，有的人要三百年，有的人只是当下的一念。

——修行是通过不断的学习，开悟则是在实践之中。

——许多开悟是因为跌得正好，古代的禅师有很多是打破杯子悟道、踩到毒刺悟道，甚至摔下悬崖、跌断腿而悟道。

爱森斯坦对学生非常热情，注重启发甚于教导，有一次，一位学生要开拍第一部电影，去请教他，学生说："我明天就要开镜了，请老师给我一些忠告，什么都好。"

"很好！那么，你的第一个镜头是什么？"

"我要以最简单的开始，是一双靴子置于门边的特写镜头。"

"非常好！我的忠告是：你一定要将这双靴子拍到这样的程度：万一明天晚上你不幸发生了车祸，我便有正当的理由将你拍的镜头带到学院，并对学生们说：'现在，你们可以发现，我们失去了一位多么伟大的导演，他仅仅拍了一个一双靴子的镜头，但就因为这个镜头，我有意将这双靴子送给我们的博物馆。'"

学生说："谢谢您！我会照您的话去做，我会将那双靴子拍到那样的程度。"

"但事后注意，别真的给街上的车子压到了。"爱森斯坦幽默地说。

"我会尽力而为，但事后呢？我该做些什么？"

"然后你一定要以同样的程度来拍每一个镜头、每一部电影，和每出剧本，而且终你的一生，都需如此。"

这位学生名叫米哈伊尔·罗姆（Mikhail Romm），后来成为杰出的电影导演，那一部从一双靴子开始的电影叫《羊脂球》（Boule de suif），是电影史上的经典作品，被收藏在世界上的许多电影博物馆中。

——禅宗虽讲开悟，但开悟以后不是什么都完了，还要"莫忘初心"，要"保任"，要使自己的心保持在第一义上，在"随缘任运过生活"的同时，永远不失去心灵的清明，就像保持那第一个精彩的镜头。云门禅师的"日日是好日"、庞蕴居士的"好雪片片，不落别处"，说的正是这种永远保持觉醒的态度。

终生都在为艺术家脱掉一致化的紧身外衣，强调创意的爱森斯坦死于五十岁，他终生未婚，把所有的时间和精神奉献给电影，过着像苦行僧一样的生活，他的"吸引力蒙太奇"影响了全世界的电影工作者，他的著作都是电影经典，至今依然是电影学生必读的教科书。

什么是"吸引力蒙太奇"（The Montage of Attraction）？

爱森斯坦的好友，也是杰出的俄国导演谢尔盖·尤特凯维奇（Sergei Yutkevich）曾以最简短的语句说：

"吸引力蒙太奇，其目的是经由一连串仔细安排好的'焦点'场景来'吸引'观众（有时磨碎它，有时在它脸上挥出艺术之拳！）……它同时显示如工程师般的细密计划。（'焦点'经常由临场的冲动所决定。）没有细密的计划，电影不可能成功，但若没有终极的艺术目的，再细密的计划也会失败。"

"蒙太奇"是由一寸一寸的胶卷算出来的。

"吸引力"则是艺术家的直观和临场感来统合、剪接，使电影达到统一、和谐、纯粹的境界。

——禅修也是如此，要"三千威仪、八万细行"，每一个阶段都非常缜密，但不应该失去整体的观照与感性的直观，身、口、意才可能统一、和谐和纯粹。

爱森斯坦临终时的遗言是：

> 就生物而言，我们都会朽坏，但当我们贡献社会时，我们即成不朽——在我们所做的这些贡献中，我们将社会进步的火炬由这一代传给下一代。
>
> 不朽，并不是上一代将身后之事留给下一代人完成的一种形式，而是每个延续的一代都为之奋斗，并为之殉身的理想。对我而言，唯有为人类自由而革命的理想与不断地战斗，不朽才得以产生。

爱森斯坦是"现代电影之父"，他充满活力与创见的一生，使我情不自禁地想起禅宗的大师，我们学习禅道的人，事实上是透过剪辑来使前后际断，把生命中的行为、语言、意念，做一种革命性的创造，使其精粹、和谐与统一，这是一种"心的蒙太奇"，是把芜杂无章的生命历程做一翻转，对生命有一个新的创见、新的活力。

这也使我想到，"禅"之一字实非名相，任何众生只要在心灵上保有创意，不断地超越、提升、转化，就是在走向禅的道路，历程上或有不同，终极目标是一致的。因此，我在心里向那些曾为提升人类文明、艺术、心灵，奉献一生的人顶礼致敬，爱森斯坦是其中之一。

爱森斯坦说："不管用什么形式，把电影拍好是最重要的。"

对于生命的历程，我觉得："不管用什么方法，把心开好是最重要的！"

觉悟战士

　　我们都认识寺庙里与佛堂里的菩萨，并且对之虔诚地礼拜。但是我在礼拜菩萨的时候，常会想到菩萨是没有定相的，如果我们不能认识菩萨的心，万一有一天在街上遇见穿西装打领带的菩萨，不知道认不认得出来？不知道还能不能谦卑恭敬地礼拜？

　　穿西装打领带还是好的，假如他穿牛仔裤，我还能认识他吗？在佛陀的时代，许多修行的人常穿"粪扫衣"，假设有一天我们穿着很华美的衣服，一副宝相庄严的样子，突然在街边跑出一位穿"粪扫衣"的菩萨，我是会看见他的"粪扫衣"呢，还是能看见他的菩萨心？

　　因此，我偶尔会思及，认识佛堂里的菩萨是重要的，但认识活生生的菩萨，可能更要紧；对佛堂里的菩萨有恭敬心和谦卑心是简单的，对街上的菩萨生起同样的心就艰难了。这应该是印光大师为什么说"要看人人是菩萨，只有我是凡夫"的意思了。

　　这当然是一个很好的观点，使得我们佛教徒时常称人"菩萨"，于是有时候到道场去，会听到"老菩萨""小菩萨""大菩萨"互相称赞的声音此起彼落，真可以说是"一屋子菩萨"了。

对于一般人的应许为"菩萨"不是始自今日，禅宗公案里有一则说，从前有一位金牛和尚，担任寺里的典座，每至斋时，总是自顾自提着饭桶在僧堂前作舞，一边叫大家来吃饭："菩萨子，吃饭来！""菩萨子，吃饭来！"传说寺里的僧人听到了都会心有所动，使许多人得到了启发。

可是后来的禅师对这个公案看法并不一样，雪窦禅师就曾评述"菩萨子，吃饭来！"说："虽然如此，金牛不是好心。"

有人问白隐禅师说："叫人家做菩萨，叫人家吃饭这是好事，为什么雪窦说不是好心呢？"

白隐说："因为金牛和尚提的饭桶是空的。"

——这真是一个很好的棒喝，当我们被叫唤为"菩萨"时，都感到非常开心，但我们很少想到"这个饭桶是空的"，我们何德何能让人叫为"菩萨"呢？

然而，长庆禅师的看法和雪窦不同。

僧问长庆："古人道：'菩萨子，吃饭来！'意旨如何？"

长庆说："大似因斋庆赞！"

有人问白隐禅师说："长庆禅师说的'大似因斋庆赞'是什么意思呢？"

白隐答说："诵一次食毕偈就知道他的意思了：'饭食已讫色力充，威震十方三世雄。回因转果不在念，一切众生获神通。'"

——这是站在金牛和尚的角度来看，是说他在内心里祈愿一切众生吃了他煮的饭菜，都可以得到转化，成为真正的菩萨。当我们称呼众生为"菩萨"时，也是因于这样深切的愿望呀！

其实，金牛、雪窦、长庆、白隐的看法都可以合起来看，确实，"菩萨"行虽然不易，却也不是那么遥远不可捉摸的。只是当我们在称呼别人为"菩萨"时，心里应有真心的愿望；而我们被呼唤为"菩萨"时，则不应由于欣喜而迷失了，要来了解菩萨最基本的心行。

菩萨是"菩提萨埵"的简称，菩提，"觉""智""道"的意思；萨埵，"众生""有情""勇猛"之意。

菩萨，又译成"觉有情""大觉有情""道众生""道心众生"，意即"是求道的大心人""求大觉的有情众生"。

凡是发起勇猛求菩提心的人，希望走向自利利他觉行圆满的人；凡是以智上求无上菩提、以悲下化无量众生的人；凡是有未来成就佛果的愿望，现在正修诸波罗蜜行的人，我们都称为"菩萨"。

对于那些心量特别大的菩萨，志求无上菩提的大乘行者，我们称为"摩诃萨埵""摩诃萨""菩萨摩诃萨""菩提萨埵摩诃萨埵""摩诃菩提质帝萨埵"等等。

佛教经典里，曾以各种不同的名字称呼菩萨，我们在这里举出一些较有代表性的：开士、大士、圣士、上人、无上、力士、无双、不思议、大自在、大功德、大道心、法王子、成就觉慧、最上照明、普能降伏、最胜萌芽……从这些译名，我们可以联想到菩萨的一些特质。

古往今来，我们固然给菩萨各种不同的译名，但到了近代这些名称都固定了，往往不能给我们重重的一拳。有一次，我听宗萨蒋扬钦哲仁波切说，他把菩萨译成"觉悟战士"，心里觉得十分感动。

宗萨仁波切的意思是，现代的修行者走向菩萨道比从前的人难多了，原因是现代的生活复杂，烦恼繁多，时空扰乱，现代人的菩萨行几乎不可能平顺，因此发心于菩萨道的人要有如战士一样搏战，才可能真正进入菩提道的大门。

从"萨埵"的意思来说，我们时常忘记其中的勇猛之意，而勇猛也是菩萨极为重要的特质。

我们发起菩提心，有菩萨的愿望并去实践它，最需要有勇猛的心，要有向复杂的欲望、炽烈的烦恼、起落的生死奋战的勇气，那就像一个战士上前线一样。

当然，上前线的战士会遭遇到很多情况，可能花许多力气去攻占一个据点，发现里面并没有敌人；也可能在沙滩登陆时，发现已被千军万马包围了。可能不发一枪一弹，已经横越千里；也可能弹尽援绝了，发现一寸地都还无法前进。

不管是什么情况，作战的准备是一点也不能轻忽的。

记得服兵役的时候，有一个重要的作战推演，叫作"退回攻击发起线"。一个战士每天都是站在攻击发起线上，但如果作战无功，就要退回攻击发起线重作准备。准备什么呢？对"觉悟战士"，就是更充足的觉悟态度、更深切的慈悲资粮、更有力量的智慧武器，唯有觉悟、慈悲、智慧，才可以让我们面对烦恼、痛苦、生死时无所畏惧。

觉悟战士的觉悟、智慧、慈悲是来自两个重要的认识：

一是同理心，对众生有一体感，知道有任何一个众生未得度、有一众生尚未圆满，心情若有憾焉，这是由于认识到每一众生都是我，我也是众生的一分子，布施、爱语、利行、同事四摄，就是根源于这种同理心。

二是平等心，知道众生的佛性平等，只要透过觉悟，都可以走入菩提愿海，终致成就，我对待任何一众生的心正是与供养诸佛菩萨的心平等无二。对任一众生不起一念非亲友想，不起一念非父母想，不起一念非菩萨想，这才是真实的平等心。

如果一个人有了同理心、平等心，那么他不做菩萨也就很难了。

如果一个人有了同理心、平等心，就可以走出佛堂、大开心眼，认识那些穿西装打领带，甚至穿牛仔裤、粪扫衣的菩萨了。

如果一个有同理心、平等心的觉悟战士，他不管到什么战场、面对什么烦恼，也都可以心无挂碍、无有恐怖、远离颠倒梦想了！

开悟鞋垫

要搭飞机去南部，在台北松山机场候机的时候，突然走来一位相貌慈和、头发花白的老先生坐到我身边。他手里拿着一本《唯识》，说："你读过《唯识》吗？"

"读过一点点。"我说。

他一副直指人心的样子说："那么，你认为人的开悟是可能的吗？"

我点点头，重复他的话说："我认为人的开悟是可能的。"

"不过，一般人觉得开悟是很难的事，而讲开悟的人也常把开悟讲得太玄了，我倒是有一个非常简单的方法使人开悟。"老先生充满自信地说。

当一个人讲到有很简单的方法使人开悟，总使我感到兴趣，我说："你有什么简单的方法使人开悟呢？"

老先生开心极了，说："我在远远的地方看到候机室的人群，就知道你是有慧根的，果然不出我的意料，你对开悟有兴趣。"

然后，老先生打开他随身携带的皮箱，拿出一副鞋垫来，他说："这鞋垫叫作开悟鞋垫，是我自己发明的，你不要看它薄薄的一片，是非常有功效的。只要穿上我的开悟鞋垫，就会得到源源不绝的快感，打开你的灵台、冲破你的盲点，使你进入快乐三昧，很快地得到开悟。"

　　老先生源源不绝地讲了一大串，我听了觉得好笑，就好像听魔毯的故事一样，他看我有点不信的样子，着急地说："当然，开悟用讲的是不准的，要用体验的才准，你把鞋子脱下来，体验一下就知道了。"

　　说着，作势就要来脱我的鞋子，引起旁边旅客的侧目，我说："我自己来。"

　　我把鞋子脱了，老先生把鞋垫放到我的鞋里："来！来！体验一下！"

　　我把鞋子穿起来。体验了半天，一点也没有什么异样，当然更别说开悟了。老先生颇为期待地说："怎么样？有没有快感？"

　　"没什么特别的感觉。"我老实地说。

　　他面露失望："怎么会呢？许多人一穿就有感觉了，可能你穿的时间太短，你买一双穿，保证有感觉，如果穿一个星期还没有感觉，就把鞋垫反过来穿。"

　　"你刚刚不是说可以开悟吗？现在怎么变成感觉了，穿所有的鞋垫都会有感觉呀。"

　　"年轻人！你不懂，三昧就是一种快感呀！"

　　这时候，广播里播出登机的时刻到了，老先生更着急，这时他不讲开悟了，他央求着："买一双吧！这是我自己研究发明的，如果没有效，下次你来松山机场找我，我都在这里的。"

我说："这开悟鞋垫一双多少钱？"

"一千元。"老先生说。

我以为听错了，又问过一次，确定是一千元。我说："老先生，不是我不想开悟，一千元实在太贵了。"

他看我要去赶飞机，拉住我："那这样好了，算你一双五百元。"

我摇摇头。

"年轻人！这样吧，就算你帮我忙，五百元你买一双，我再送你一双，今天一整天我都没卖出一双呢！"

后来，我买了一双开悟鞋垫，又附送了一双，我想，一个人年纪大了，还要到机场推销自己发明的东西，这勇气就值得五百元的鼓励了，虽然我知道那非关开悟。

到高雄的时候，朋友来接飞机，我当场把老人附赠的一双开悟鞋垫送给朋友，我说："穿上这鞋垫就会得到源源不绝的快感，打开你的灵台、冲破你的盲点，使你进入快乐三昧，很快地得到开悟。"

朋友看我说得认真，忍不住笑，半信半疑地问："是真的还是假的？"

"当然是假的，如果这世界真有使人会开悟的鞋垫，菩萨就不必出去普度众生，只要去卖鞋垫就好了！"我说。

但从这一件事使我们知道现代人是多么渴求开悟呀！不只是开悟鞋垫，以前有人送我一种茶，说是得到特别的加持，喝了就会开悟。还有人送我一束香，说常焚这种香，闻久了会心开意解，得到开悟。有人介绍我去见伟大的师父，说他只要看你一眼，就会开悟。有人拉我去见伟大的居士，说这个世界只有他有能力印证别人的开悟。

开悟，在这个世界变成速食面、即溶奶粉、三合一咖啡一样的东西，一冲就好，立即享用。也像马桶堵塞时的通乐，倒一点下去，一通就乐。也由于人们速求开悟，反而失去了自觉与反省的精神。开悟的俗化，使人听到开悟时哈哈一笑，说不定将来我们可以推出一系列的商品，例如"开悟大厦""开悟家具""开悟衬衫""开悟汽水"，或者开悟什么的。

什么才是真实的开悟反而没有人在意，很少人愿意去追求了。

开悟最原始的意义，是反转迷梦为"开"，生起真实的智慧为"悟"。与"开悟"相当的名词有证悟、悟入、觉悟等等。

从悟的程度来看，悟到一分称为"小悟"，悟到十分叫作"大悟"，所以古来的修行人常有"小悟数十回，大悟三五回"的自述。

从悟的快慢来看，慢的叫"渐悟"，快的叫"顿悟"，因此产生了修行上渐悟渐修、渐悟顿修、顿悟渐修、顿悟顿修的四种层次。

从悟的智解来看，解知人可以转迷得悟的道理叫"解悟"；由修行实践而亲自体验叫"证悟"。

我们可以这样说：佛教修行的目的在求开悟，菩提和涅槃是所悟的智和理，菩提是能证的智慧，涅槃是所证到的真理。证悟者，在大乘称为佛，在小乘称为阿罗汉。

小乘的开悟者，是断除了三界的烦恼，证到苦集灭道的涅槃之境。

大乘的开悟者，是证见了真理，断除了烦恼的扰乱，圆具无量妙德，应万境而施自在之妙用。

以上是从佛学辞典抄录下来对"开悟"最简单的定义。然后我们就会发现，不论是小乘或大乘的开悟，远非一双开悟鞋垫或一斤开悟茶叶所能为力。一般人寻求外力的开悟，却不愿意面对自己的烦恼，只是由于不肯承担罢了。

世间先有能悟之人，才有可悟之事；先有开悟之心，才有可悟之境；先有明悟之理，才能在事与境上炼心。这是多么明白的道理呀！

我们不必到处去寻求开悟的情境，而应该回来观照自己的心，当我们有觉知的心，看青山才知冬天里的青山只是被雪覆藏，看湖水才知春日里的湖水只是被风吹皱，青山与湖水的本质并未变易或消失。

开悟的鞋垫我也穿了，开悟的茶水我也喝了，但人世的烦恼与苦痛我仍然如是面对，那是我知道在波动与扰攘的世情中，唯有照管自己的身心，才是走向圆满最重要的道路。

为佛教，为众生

这一次去花莲静思精舍，还是一如往常，去看常住的法师居士们制造蜡烛、豆粉，还有种菜。几十年就是这样子了，不管慈济功德会是一百人、一万人，还是一百八十六万人，常住的生活还是那样简单朴素，自耕自食。

有许多人听到慈济功德会有两千多位委员、一百八十六万的会员时，都以为慈济的总部必然非常庞大，就像在敦化北路、南京东路见到的大楼一样。难以想象的是，慈济功德会的总部还是一些小小的瓦房，四周平畴沃野、杳无人迹，精舍里，终日都非常安静。

只有在委员大会的时候，突然撒豆成兵，里里外外都是人潮，热闹的情况仿佛庙会。

慈济最令我感动的是，不论它的组织多么庞大，依然维持着单纯明净的本质，这种本质自然有摄人的力量，人出入其中会自然地受感动，并融入其中。

这次到慈济，巧遇仰慕已久的慈济美国洛杉矶分会的执行长思贤居士，思贤是成功的企业家，曾经在佛教摸索多年，后来被慈济精神感召，全心投入慈济工作，创建美国分会。

谈到慈济已经突破了地域限制，成为国际间都重视的、影响力深远的团体，像不久前，证严法师获菲律宾颁赠"麦格塞塞奖"的"社区领导奖"，又得到美国德州州政府颁给"圣安东尼荣誉市长证"，《证严法师静思语》则有英文、日文的出版，很快的，北京也将出版《证严法师静思语》……慈济精神流布世界是指日可待的。

正在谈话的时候，德宣师来说："师父可以见你们了。"

看到证严法师，心中总是悲欣交集，欣喜的是在我们这个混乱的时代，他是一个清静与慈悲的典范；悲哀的是，这个世界如此苦难，使得慈济有做不完的事情，慈济志业永远没有尽头。

幸喜的是，最近师父看来身体十分健康，只是由于访客太多、事务太多，显得有点疲倦。

近日里最繁忙的事务就是大陆赈灾的工作，去年大陆遭遇有史以来最严重的水患，全世界掀起一阵解救大陆同胞的热潮，捐赠金钱与食物到大陆去。慈济功德会一向以众生平等为宗旨，因此也投入大陆的赈灾工作。我听精舍里的常住师谈起，当证严师父听到大陆洪涝的严重情形，好几次忍不住落泪，指示大家应该把大陆救灾当作紧急的事来处理，因为他很担心受灾的大陆居民若能躲过水灾、饥饿、传染病的侵袭，也可能无法度过严冬。

于是，登高一呼，呼吁慈济功德会的会员"送爱心到大陆"，帮助大陆同胞"用爱心挡严冬"。慈济办了一连串的活动，平均每月募集一亿元以上的善款，并且立即组成评估小组、赈灾团，实地深入大陆各受灾严重的灾区，经讨论研究再决定赈灾方式。

后来，师父决定采取直接赈灾的方式，他说："这样最有效率，并且透过直接接触，可以唤起两岸人民的爱心。"

短短四个月的时间，慈济已经派出三大梯次的赈灾团，带去了食物、棉被、衣裤，最重要的还有爱心。并在受灾最严重的安徽省全椒县兴建慈济村灾民社区，共计十四个社区、九百四十五户，这些社区的经费全是来自台湾爱心人士的捐款，动员当地的力量兴建的，监工与验收则由慈济基金会的慈诚队员志愿担任。

师父很欣慰地说："现在社区的主体结构已经完成验收，年初就可以全部完工了。"

紧接着全椒县的九百五十户房屋，慈济又在江苏省兴化市兴建十五个社区，共五百二十七户，十二月五日开工，预计二月份就可以完工了。

想到大陆即将有二十九个慈济兴建的社区，师父说，几个月来慈济人出钱出力，辛苦总算没有白费。

我每次阅读《慈济道侣》半月刊，和《慈济月刊》，读到慈济委员在大陆工作的情形都深受感动，这是人间的大爱，大家都用行动来实践证严师父说的："要爱普天下的众生，不管对台湾地区苦难的众生，或是天底下所有苦难的众生，我们都一样要有这份爱心。"

对于有这么多人投入慈济工作，证严师父说："我的心里充满了感恩，感谢三宝的恩德和众生的恩德。由于佛恩，启发了我们的大爱，使我们去爱天下的众生。由于众生有善根，才能支持慈济去做慈悲济世的事业。但我不只感恩那些帮助别人的人，也感恩那些被救助的人，由于有苦难的众生，才会有慈悲的好事，是先有好事去做，才会产生好人。我常常对委员说，我们做慈济工作，功德、造福都在其次，最重要的就是要感恩。要感恩那些被我们救助的人，是他们在启发我们的善心。"

大家都知道慈济功德会的缘起，是由于二十几年前，证严师父看到一位重病的山地妇女，好不容易从山上被抬到医院，因为无钱缴保证金，只好悲惨地抬走，使他发起救助病苦的大愿。

但可能少有人知道证严师父的信念，他说："慈善是一个循环，多一个投入慈善的人，社会就多一分正面的力量，人人都有善心的地方，那地方就是人间净土。"——慈济功德会曾办过一个成功的活动，活动名称就是"预约人间净土"，要使我们居住的人间，在许多善心人士的努力下，成为净土世界。

"慈济一开始力量很小，第一年只救济十五户贫户，第二年几百户，这样慢慢地年年增加，到现在有一百多万户，是当时根本想不到的。"证严师父回忆着当年的情景。

后来，当他决定要在花莲盖一座现代化的大型医院，连慈济功德会的委员都对他说："师父，你是不是在说梦话？你知道盖一个大医院要多少钱吗？"

那时候没有人觉得那是做得到的愿望，到处碰壁，师父说："当时的情况只有一句话可以形容，就是'打落牙齿和血吞'！在我遇到的人里面，林洋港先生是第一个认为我可以盖大医院的人，他鼓励我说：'你有毅力、有宏愿，我确信你一定会盖成的。'"

慈济建院的土地也是透过林洋港先生才有着落的。师父说：

"我一直到现在都感恩林洋港先生。"

慈济成立到今天，果然印证了证严师父的"善的循环"，有如风行草偃，在台湾各地都有分会，台北的分会大楼刚刚落成启用，台中的分会大楼也在兴建当中。慈济不只在台湾各地济贫救苦，到大陆赈灾，还希望将来能救济全世界苦难的人；慈济不只在花莲盖了大医院，办了护专，将来还要盖医学研究中心，办医学院，还要在台湾各地盖医院，以形成一个完整的医疗网。

当师父带我们登上慈济护专的顶楼，往郊外看去，那里有一块占地两百多甲的土地，他说："那里以后会有一座医学院，一个国际医学研究中心。"现在他说这句话没有一个人不相信。因为现在有一百八十六万个善心人士做后盾，而且还不断地扩大，再大的事情也没有当初那么困难了。

这一百八十六万会员使经典里说观世音菩萨千手千眼的示现，不再是美丽的传奇，而是人间的事实，可以"普门示现，寻声救苦"，可以"千处祈求千处应，苦海常作度人舟"。不要说一百八十六万会员，光是实际参与慈济工作的委员、队员就有两千多位，有四千只手、四千只眼了。

许多年前，慈济还没有现在庞大的时候，我就去参访过证严师父，这些年来，师父依然像当年初见时一样，那样慈祥、纯净，有深邃的笑容，他的声音温柔如和风，语默动静无不是法的教化，让人自然地顶礼赞叹。

他平时的言谈，经整理后出版《证严法师静思语》，畅销一百五十几版，（短短一年的时间）已经打破台湾出版界的纪录，可见真诚敬爱他，被他的精神所感召和影响的人数是不可估量的。

证严师父说，这一生影响他最深远的一句话，是他的恩师印顺导师送他的六个字："为佛教，为众生"。

他说："其实这是相同的，为众生就是在为佛教，一个人如果孤立于众生，就没有资格谈佛教。所有那些为众生努力、服务、奉献的人，不管他是什么信仰，都是值得我们崇敬的。"

谈到恩师印顺导师，证严师父有无限的孺慕之情，他说："我永远感恩我的师父，虽然在这皈依他的二三十年间，相处的时间累积起来还不到两个月，但是他的人格超然，与世无争，智慧深广，悲心无量，我不知道怎样才能学到他的万分之一。"证严师父现在是台湾社会举足轻重的人，但他一直这样慈和谦卑。

他的身体不好，有心绞痛的毛病，听他的弟子说去年做全省巡回讲座时，有时一讲完他到后台就要立刻打针，坐在电视前的观众是万万没想到，站在台上那气势非凡、动人心魄的师父，刚刚才打过一瓶点滴，这一点，使我要深刻感受到"为佛教，为众生"这一句话的深刻涵义。

拜别师父的时候，他站在门边，突然说："人生无常，能尽现在这一刻的责任，就努力地去实践！"我双手合十，五内震动，想起自己的母亲。想到他刚刚赞誉印顺导师的话"人格超然，与世无争，智慧深广，悲心无量"，也可以用在证严师父身上，我不禁自己感叹起来：不知道怎样，自己才能学到他的万分之一。

放生·护生·环保

　　北投佛教文化馆与农禅寺，把信众捐来作为放生的钱共一百三十万元，转请台北市立动物园兴建了七座鸟园，专门收容为人弃养或遭人伤害的稀有鸟类，这些鸟园叫作"护生鸟园"。

　　我读到这个报道，忍不住喝彩，佛教界千余年来讲"放生"，已经成为积习难改的行为，由于放生积功德的观念，鼓励了那些不肖的商人捕捉野生动物来卖给佛教徒，动物在捉放之间吃尽苦头，甚至横死山林。也由于放生，放鸟则破坏山林的生态，放鱼则破坏河流的生物链，非但被放的鱼、鸟、乌龟不能得救，反而害了山林河流里原住的动物。又由于被放生的动物都是繁殖畜养，根本没有野生的能力，每次有佛教徒放生就尸横遍野，令人不忍卒睹。

　　放生已经成为环境森林破坏的大问题。我的弟弟从前住在阿里山，他说阿里山是佛教徒放生的热门地区，放生活动几乎无日无之，每回放生法会过后，佛教徒呼啸而去，留下满地的鸟雀，或挣扎死去，或奄奄一息，或成为野猫野狗的食物，连非佛教徒看到那种"惨烈"的画面都会落泪，搞不懂为什么慈悲的佛教徒竟有如此无知野蛮的行为。

我也曾问过许多环保专家、生物专家，谈起佛教徒的放生行为，他们也都表示，在山林溪流胡乱放生是愚蠢的行为，对环境与生物有百害而无一利。

从前，我也时常参加放生活动，虽然眼见许多动物当场死亡，有些师父告诉我们："它们是当场得到超度，转生善处了。"我心里虽然有许多疑惑，但也曾想：放生最可贵的，不在行为，而在慈悲之念，如果人有一念之仁，放生的功德就圆满了。

后来我逐渐发现，我们佛教徒讲放生，大部分不是为了真实清净的慈悲之念，而是为了做自己功德的一念之私。例如我们平常并不做慈悲的事，一旦事业不顺利了，就去放生；一旦家人生病了，就去放生；一旦发财了想做一点功德，也去放生；于是无数的生灵成为我们功德的筹码，我们以鸟、兽、虫、鱼的生命来作为我们自私的赌注。久而久之，本来很慈悲的放生行为竟成为生命的悲歌。

从慈悲变成悲哀，从"一念之仁"到"一念之私"，想必是佛教徒所不愿见的。

现在，我们到台湾各地的水库，几乎在水库旁边都有整条街在卖"活鱼三吃"，一天要宰杀几吨的活鱼。有一次我问鱼店的老板："这水库怎么可能有这么多活鱼呢？是不是从外地市场运来卖的？"鱼店老板的回答大出我的意料，他说："怎么不会有鱼呢？我们这水库的上游，常常有佛教徒整卡车整卡车地载鲤鱼来放生呢！"

弟弟告诉我，在阿里山也有许多人架鸟网，以捕捉那些放生的鸟类维持生活，如果抓到那还活蹦乱跳的小鸟，就再卖给人放生，如果抓到奄奄一息，甚至死亡的小鸟，就卖给山产店烤小鸟。

这是放生所带来的实情，却很少有人去思考。更严重的是环境的破坏，放生的人大概都假想鱼鸟在河海森林都可以活得很好，其实不然，我们可以想象把数万只猪牛鸡鸭放到山林的情景，就可以知道，长期被人类豢养的动物根本早就失去自我生存的能力；即使它们能够存活，也会使环境失衡，从前福寿螺、巴西龟、食人鱼对环境的破坏可为殷鉴。

放生行为带来的缺失既是罄竹难书，而放生的利益只是为了自私的功德，为什么佛教徒还如此热衷于放生呢？是不是有什么方式可以取代放生呢？是不是大家都愿意对放生做更深入的思考呢？

我觉得北投佛教文化馆与农禅寺提倡的"护生"，就比放生更有意义，可以取代传统放生的观念，鼓励佛教徒一起从事惜生、护生的工作，比放生的行为更重要，当然也更有功德。

推动以护生代替放生的圣严法师说：

"佛教一千多年来提倡放生，是为了保护自然生态，鼓励大家不要滥捕、滥杀。可是，在今天的社会，放生已变成是污染环境、破坏环境的行为。

"例如三年前我们还在放生乌龟，每次抓到的乌龟，身上都刻了好多字，不知被人家放过多少次了，在被人抓抓放放的过程中，如果处理不当，生态不对的话，会死掉一部分。

"鱼也有相同的情形。鱼类原属于自然界，但现在，有许多是人工培养的，人工养的鱼再放回自然界去，一定会死掉，而且会对当地的水造成污染。

"鸟类也是。过去我们买山产店的鸟回去放生，甚至现在每年佛菩萨生日、纪念日的时候，很多寺院仍然会举行放生。于是在放生日的前几天，山产店就会派出很多人到中南部去捕鸟，抓了再送到台北的寺院门口，卖给佛教徒放生。这种行为不是在放生，而是在杀生。根据专家研究，这种把自然界的鸟抓来再放生，一百只鸟中，能存活的只有三十只，甚至会低到只有五六只存活。若是买人工养的名贵的鸟来放生，一百只当中的存活率等于零。

"所以，我们现在大声疾呼，放生的观念应该要改变，是要保护自然才对。"

要改变长久以来的"放生观念"，确实需要很大的勇气，这里面要有理性的思维，并且承认从前我们的放生观念是有缺失的。如果我们能从这一点来认识、来觉醒，才是最大的功德。

宋朝的大文学家苏东坡有一则轶事，说他的爱妾是虔诚的佛教徒，热衷于放生，有一天到山林里放生回来，看见庭中一群蚂蚁正在争食掉落的糖，她一举脚把蚂蚁都踩死了。

苏东坡看见了，不禁感叹地说："你放生是为了慈悲，原是好事，但是为何独厚禽鸟，而薄待于蚂蚁，这不是真实的慈悲呀！"

放生原是慈悲的好事，是由真实的慈悲心来发展；我们今日既然看到放生带来严重的问题，应该闻过则喜，一起使"放生"

成为"护生"，甚至呼吁佛教徒共同为"环境保护"而努力。只有人人保护环境，建立当下与永远的净土，生灵才可以得到真正的保护。

有远见的法师大德，都主张以"护生""环保"来取代传统的放生，像圣严法师就把一九九二年定为北投佛教文化馆、农禅寺、中华佛教研究所的"环保年"，希望佛教徒实践环保工作，不要透支自然资源，使子子孙孙都有资源可用，他不断地呼吁我们佛教徒"要节约、戒贪、戒杀，少用自然资源，才愈能够对我们未来的天国也好，未来的净土也好，积存愈大的功德"。

像慈济功德会的证严法师，也在演讲开示时一再呼吁弟子要珍惜资源、保护环境，说："我们要存着一份戒惧谨慎的恭敬心，尊重天地万物。"使慈济人都能大力推动环保理念，甚至实践资源回收，使回收的资源转化为真正慈济利生的事业。

在现代，当我们说到功德，应该分成两方面，一是来自于人心的净化，使人人生起仁民爱物的心；二是来自于环境的净化，使众生都能活在清净的环境中，免于恐惧，这才是真功德。

我们何不从放生，到护生，然后一起来珍惜资源，保护环境呢？

常民与常心

蒋公的孙子、蒋经国先生的儿子蒋孝武，不久前过世了，他同父异母的哥哥章孝严写了一篇感人的文章悼念他，其中提到蒋孝武先生内心里十分渴望做一个平常人，有平常的心，过平常的生活，可惜由于家世背景，使他连这最普通的渴望都难以实现。他过世前的最后几年，心里因此有很大的挣扎，笃信佛教，到几乎快要实现做平常人愿望的时候，竟不幸与世长辞了。

我读到这篇文章，深深感受到作为一个平常人是多么幸福的事，而假使有一个不平常的家世背景，还能拥有平常身心是多么难得的事。这使我想起明朝的冯梦龙在《警世通言》中的两句诗"踏破铁鞋无觅处，得来全不费工夫"，平常人无法珍惜平凡、平常、平淡的生活，那是由于得来全不费工夫，豪贵之家的子弟不知平常生活，故踏破铁鞋无觅处呀！

白居易有两句诗也可以表达这种意境："金谷太繁华，兰亭阙丝竹"，一个人在繁华的时候，很难体验真淳的可贵，等到"繁华落尽见真淳"的时候，往往已经来日无多，如何培养一种胸襟，在繁华之际便知道真淳的可贵，在不凡的时候，就认识能平凡生活实在是人生的幸福。

最近电视上有一个泰山午后茶的广告，文案说："伟大人物也有平凡人的追求"，给我非常深刻的印象，这句话如果再加上一句就更完整："平凡人物也要有伟大的怀抱。"当然，如果以"伟大人物"做标准，所有的伟人几乎都不是"天纵英明"，而是经过长期的努力奋斗，甚至挣扎，也就是说伟大的事功其实都是平凡人所创建的，但一个有伟大事功的人是否能幸福，则在于伟大之后还有没有平常心。

"平常心"是一些炙手可热的人常挂在嘴上的东西，当我们看到一位政治人物上台下台的时候，他都会说要有平常心，而富豪在财富起落的时候，也会自况说有平常心。但是，真实的平常心是什么呢？

"平常心"原是禅宗的用语，最早提出平常心的是马祖道一禅师，他说："道不用修，但莫污染。何谓污染？但有生死心，造作趣向，皆是污染，若欲直会其道，平常心是道……行住坐卧，应机接物，皆是道。"

后来，临济禅师加以演绎，落实于生活说："佛法无用功处，只是平常无事，屙屎送尿，着衣吃饭，困来即卧，愚人笑我，智乃知焉。"

可见一般人所说的"平常心"，只是从字义上作解，并不能触及平常心的本质。

平常心的本质是：

平——稳定、平衡、轻松。

常——恒常、不乱、不变。

在一般人的日常生活中有很多平常心的时刻，例如吃饭、上班、散步、洗澡、睡觉，由于习以为常，反而没有另一个"心"去看，到那个"平常心"浮起的时候，往往是到了生活反常的境地，是在痛苦、失败、不安、压力、烦恼、散乱、生气的反常时刻，我们会转而看见平常心，往往这时要追求平常心就很难了。

可以如是说：一般人在平常生活中不知平常心，动荡时察觉平常心可贵之时，平常生活已经远离了。

平常心与平常生活是大有关系的。

我们可以用大家最熟悉的公案来看平常心：

一、见山是山，见水是水。

在这个层次是"平常的心，平凡的生活"，也即是五官五识的自然反应，是一种"全迷"的见地，平凡人的生活使得人没有伟大的识见，因此以执着为中心，看到山水时执着于山水，看到钱执着于钱，看到爱就执着于爱，认为那是真实不变的本体。

二、见山不是山，见水不是水。

这个层次是"不平凡的心，不平常的生活"，即是一个人打破执着的过程，执着与觉悟同时生起，这个过程活在半梦半醒之间，看见山水会同时知道山为土石树木所成，水也有许多变化；看到钱，同时觉悟到自己的贪欲；看到爱，同时知觉到情爱之无常，了知感官与情识所觉受的，并无真实不变的本体。

三、见山还是山，见水还是水。

这个层次的"平常身心，平常生活"，是说一个有觉悟的人，他和世界处于"不即不离，若即若离"的关系，他的眼中有钱、有爱、有山水，有一般的生活，但都像镜子一样反映出本来的面目，因此他不执着于金钱、爱情、山水，乃至于不执着于一切。这才是真实的平常心。

平常百姓的可贵，就在于平常生活理所当然，只要有觉，立刻就进入平常心地。家世、豪贵、有事功的人要追求平常心之不易，就在于必须先放下身段，及一切外在的价值，能安于常民的生活，才能体会到平常心值得珍惜。

从前，有一位无相大师，有两个弟子，一个敏慧，一个朴直，他常常给弟子的教化是："修行就是宁做傻瓜。"

有一天，寺院里下了大雨，无相大师叫弟子："下大雨了，快拿东西来接雨。"

敏慧的弟子，从屋内冲到大殿，手里拿一个木桶，无相大师说："这么大的雨，拿这么小的桶，真是傻瓜！"弟子听了很不开心，把木桶一放就走了。

朴直的弟子找不到东西，随手拿一个竹篓出来接雨，无相大师看了又好气又好笑，说："真是个不折不扣的大傻瓜呀！"弟子听了非常开心，因为师父常说"修行的要义，就是宁做傻瓜"，现在不就是对我最大的赞美吗？"呀！太棒了！我是个不折不扣的大傻瓜！"这时心开意解，竟然开悟了。

我们如果不能做到宁为傻瓜，也宁可做平常人、有平常心，这种常民生活看来卑之无甚高论，但是一切可贵的心行志业都由

此而生，而且是许多不平常身世的人，追求到死都还没有得到的
东西呢！

　　"下大雨了，快拿东西来接雨！"哈，生活就是这样呀！
真好！

观音法门

几年前，我读到悟明长老的回忆录《仁恩梦存》，读到他修持大悲咒的深刻体验，心里非常感动，当时还特地开车到树林海明寺去拜见他老人家，请教《大悲咒》的修持方法。

可惜那时候他就非常忙碌了，并没有时间深谈，只记得他说："每天至少念个一百零八遍，如果没有时间，念四十九遍，或二十一遍都好。"

他还表示如果是特别忙碌的人，不能持《大悲咒》，那也没有关系，每天早上起来，双手合十，念十二遍"南无大慈大悲观世音菩萨"，也就好了，因为观世音菩萨是非常慈悲的。

后来有很长一段时间，我也持《大悲咒》，真没有时间，就念十二遍"南无大慈大悲观世音菩萨"，这可以说是受到悟明长老的影响。

这次，跟随《普门杂志》同仁去拜见悟明长老，就是希望再一次把师父修行《大悲咒》的经过听仔细一些。

悟明长老是十四岁时在湖北竹溪县东关外的"观音阁"剃度，由于他的师父能静和尚是修观音法门，在尚未剃度前的晚上都要做拜香的功课，就是拜一炷香的"观世音菩萨"，念一句圣号，拜一拜。他当时每次拜都向虚空默祷："观世音菩萨！请给我智慧！给我智慧！给我智慧！"除了晚上拜观世音菩萨，早晚功课都是念大悲咒。

师父说："那时并不真切知道为什么要念《大悲咒》或观世音菩萨，只是师父教做，就做了。"

念《大悲咒》和拜观世音菩萨的日子过了一年，隔年的六月（悟明长老还清楚记得那是民国十四年的六月六日），寺里把佛经拿到烈日下晒，他被派去梭巡，一边晒，一边到处翻翻，看看有什么好玩的东西，随手翻到一本《大悲忏》，里面印着"观世音菩萨十大愿"：

南无大悲观世音，愿我速知一切法！

南无大悲观世音，愿我早得智慧眼！

南无大悲观世音，愿我速度一切众！

南无大悲观世音，愿我早得善方便！

南无大悲观世音，愿我速乘般若船！

南无大悲观世音，愿我早得离苦海！

南无大悲观世音，愿我速得戒定道！

南无大悲观世音，愿我早登涅槃山！

南无大悲观世音，愿我速会无为舍！

南无大悲观世音，愿我早同法性身！

当时读了，心中突然有所领会，就跑去问师父是什么意思，师父于是详细地为他说了十大愿的道理，说："凡世间众生要诵'大悲神咒'，心中如果有慈悲之念，发起'如是愿'，希望像观世音菩萨一样来解救众生，他就可以早证佛道。"

十四岁的悟明小沙弥听了大受感动，自己拿着观世音菩萨的十大愿，在佛前发愿：

> 世尊！若诸众生，诵持大悲神咒，而堕恶道者，我
> 不誓成正觉；诵持大悲神咒，若不生诸佛国者，我誓不
> 成正觉；诵持大悲神咒，若不得无量三昧辩才者，我誓
> 不成正觉；诵持大悲神咒，于现在生中，一切所求，若
> 不果遂者，不得为大悲心陀罗尼也……

悟明长老说："从那时候起，我对观世音菩萨和《大悲咒》有更深一层的领会，朝夕诵持，从不间断，从二十一遍到四十九遍。"——那一年他还是从十四岁跨入十五岁的稚年，今年八十一岁，已经有六十余年的时间，没有间断过观音法门的修持。

从此，"观世音菩萨"便与悟明长老相左右，他说："我念观世音菩萨名号，那种高兴的心情，就像行船在水上如飞的感觉。"平常，他以观音法门为修行恒课，甚至在逃难的时候，除了两堂功课，下午一炷香、晚上一炷香，都是念"观世音菩萨"。

他一生经历过政治的许多大变局，都能转危为安，化繁为简，他很欣悦地说："我很幸运，由于菩萨的感应，一生都没有遭

遇过什么困难。"

在个人方面，曾有死里逃生的经验，也是得到观音菩萨的解救。一九五八年，悟明长老的鼻病发作，连续动了几次手术，西医的诊断是由过敏性鼻炎，发展为副鼻窦炎的结果，中医则称为"脑漏"，在中国北方认为脑漏是没法医的。

他虽然被疾病所苦，但由于长期持大悲咒极为灵验，许多民众都跑到观音山上向他求大悲水。他一边忍住鼻病疼痛，一边念咒水，甚至当时有一位辛逢禅居士两腿瘫痪，透过他的亲人向长老求咒水，他只为他诵了五天大悲咒，辛君已能走路。

悟明长老一面又感动又兴奋，一面则感慨自己诵的《大悲咒》能治许多严重的病，反而自己的鼻病束手无策。这时灵光突然一闪："《大悲咒》能治好别人的病，难道不能治好自己的病吗？为什么不为自己求观世音菩萨呢？"

从此，每天虔诚念《大悲咒》，求观音菩萨治疗鼻病，到六月底，住在回龙寺，在佛前发愿：

"菩萨，弟子仁恩业障深重，身罹恶疾，痛苦万分，遍医不愈。弟子自思平生持大悲神咒三十余年，为别人治病，均蒙佛力加被。因此，弟子誓发大愿，自七月一日起七念咒四十九天，不愈不下山，请菩萨慈悲哀悯……"

他说，接下来每天念《大悲咒》二百遍。到第五天，突然有一位老比丘尼送来一杯藕汁，芳香扑鼻，他喝了以后，清醒了过来才知道是梦，但口中犹有藕汁的香气，自谓是观音菩萨送来的甘露水，自此，更加精进，每日持《大悲咒》至少一千遍。到第七天，鼻子里掉下两个秽物，"身心顿感愉快，头痛霎时停止，物我顿然两空，只听圣号如玉盘走珠，密密绵绵，心意清凉安乐。"

接下来的佛七中，感应非常多，等到七七四十九天满数的，他的鼻病已完全痊愈了。

自此之后，悟明长老更加坚定地修观音法门，修行从此无疑了。一直到现在，他每天起来必定诵《大悲咒》，然后喝下大悲咒水，开始一天忙碌的工作，数十年来，耳聪目明，远非一般人可比。

悟明长老说："这都是观世音菩萨灵感，你们要多诵《大悲咒》呀！如果没空，每天双手合十，念十二遍'南无大慈大悲观世音菩萨'……"

走向生命的大美

王国维在《人间词话》里，曾经说到古今成大事业大学问的人必须经过三种境界：

第一种境界是"昨夜西风凋碧树，独上高楼，望尽天涯路"。意思是说有感性的胸怀，见到西风里凋零的碧树心有所感，在内心里有理想的抱负与未来的追寻，虽有孤独与苍茫之感，但有远见，对生命有辽阔的视野。

（这句出自宋朝晏殊的《蝶恋花》，原词是："槛菊愁烟兰泣露，罗幕轻寒，燕子双飞去。明月不谙离恨苦，斜光到晓穿朱户。昨夜西风凋碧树，独上高楼，望尽天涯路。欲寄彩笺兼尺素，山长水阔知何处？"）

第二种境界是"衣带渐宽终不悔，为伊消得人憔悴"。意思是说不只要有追寻理想的热情与勇气，还要有坚持、有执着，去实践自己所信奉的真理，即使人变瘦了、衣带变宽了，也能百折不悔。

（这句出自宋朝诗人柳永的《凤栖梧》，原词是："伫倚危楼风细细，望极春愁，黯黯生天际。草色烟光残照里，无言谁会凭阑意？拟把疏狂图一醉，对酒当歌，强乐还无味。衣带渐宽终不悔，为伊消得人憔悴。"）

第三种境界是"众里寻他千百度，蓦然回首，那人却在灯火阑珊处"。意思是经过非常长久的努力追寻，饱受人生的沧桑，到后来猛然回首，那要追寻的却在自己走过的道路上，灯火阑珊的地方。

（这句出自宋朝词人辛弃疾的《青玉案》，原词是："东风夜放花千树，更吹落，星如雨。宝马雕车香满路，风箫声动，玉壶光转，一夜鱼龙舞。蛾儿、雪柳、黄金缕，笑语盈盈暗香去。众里寻他千百度，蓦然回首，那人却在灯火阑珊处。"）

从前读《人间词话》读到人生的三种境界时，虽有感触，但不深刻，到最近几年，这三重界之说时常在心中浮现，格外感受到王国维对生命的智见，他论的虽然是诗词、是事功、是人格，讲的实际上是人从凡夫之见超越的历程，到最后那种"众里寻他千百度，蓦然回首，那人却在灯火阑珊处"，简直是开悟的心境了，使我想起一首禅诗"终日寻春不见春，芒鞋踏破岭头云，归来偶遇梅花嗅，春在枝头已十分"，也不禁想到菩萨在人间留下一丝有情那样的心境。

一个人要"众里寻他千百度"，必然要经验人生的许多历程，而要"蓦然回首"则需要一种明觉，至于站在灯火阑珊处的那人，不是别人，而是一个原点，是那个"独上高楼，望尽天涯路"的自我呀！

诗人虽然出自情感与灵感来表达自我，但其中有一种明觉，或者与禅师不同，我相信那明觉之中有如同镜子一样澄明的开悟的心——这种历程，在某些作品里是历历可见的。

宋朝词人蒋捷曾有一首《虞美人》，很能看出这种提升的历程。

少年听雨歌楼上，红烛昏罗帐；

壮年听雨客舟中，江阔云低，断雁叫西风；

而今听雨僧庐下，鬓已星星也；

悲欢离合总无情，一任阶前，点滴到天明。

在僧庐下听雨的白发诗人，体会到人世悲欢离合的无情就像阶前的雨一样错落无常，心境上是有一种悟境的，与禅心不同的是，禅心以智为灯心，诗人则以美作为点燃，这是为什么我们读到李贺"天若有情天亦老"之句，要为之低回不已了。或者读到龚自珍的"落红不是无情物，化作春泥更护花"要为之三叹了。

一个好的开悟的境界，或者崇高的人格与事功，都不是无情的，它是一种经过净化的有情的心，这种经过净化的有情，我们可以称之为"觉有情"，有如道绰大师说的，就像天鹅在水中悠游，沾水而羽毛不湿。

好的文学、优美的诗歌，无不是在"有情中有觉"，创作者既提升了自我的情感经验，也借以转化，溶解成人人都能提升的情感经验，来唤醒大众内在的感觉的呼声。这是为什么，历来伟大的禅师在开悟之际都会写下诗歌，而开悟之后，有许多禅师也往往以诗歌示教，在显教最有名的是六祖慧能，传说他不识字，但读他的作品《六祖坛经》竟有如诗偈一样。在密宗最著名的是密勒日巴，传说他留传的诗歌竟有数万首之多。

寒山、拾得不也是这样吗？他们是山野里的隐士，却也忍不住把自己的心境写在山间石壁，幸好有人抄录才不致失传，但是，我也不禁想到，以寒山、拾得的诗才，写诗的那种劲道，一定有更多的诗隐于石上、壁上，与草木同朽，后人无缘得见了。

为什么悟道者爱写诗呢？原因何在？我想在最根本处是，禅学或佛教是一种美，在人生中提升美的体验，使一个人智慧有美、慈悲有美、生活有美，语默动静无一不美，那才是走向佛道之路。

失去了美，佛道对人生还有什么价值呢？

唯有心性的绝美，才使人能洗涤贪嗔痴慢疑五毒；也唯有绝美的心，才能面对、提升、跨越人生深切的痛苦。

因此，道是美，而走向道的心情是一种诗情，诗情与道情转折的驿站则是"觉"。

菩萨所以叫"觉有情"，是因为菩萨从来没有失去感性的怀抱，与凡夫不同的是，他在有情中不失觉悟的心。

菩萨所以个个心性皆美，长相也无不庄严到达极致，则是启示了我们，美是无比重要的，最深刻的美则是来自有情的锤炼。

即使是佛，十方诸佛都是"相好庄严"，经典里说到佛之美，有"三十二相，八十种好"之说，因此，佛的相、佛的心，都是绝美。

了解到佛道的追求是生命完美的追求，我模仿王国维之说，凡是古今走向"觉有情"之道者，也必经三种境界：

第一种境界是"笑渐不闻声渐悄，多情却被无情恼"。（语出苏东坡《蝶恋花》）

第二种境界是"我见青山多妩媚，料青山见我应如是，情与貌，略相似"。（语出辛弃疾《贺新郎》）

第三种境界是"千锤万凿出深山，烈火焚烧若等闲；粉骨碎身浑不怕，要留清白在人间"。（语出于谦《咏石灰》）

真正觉有情的菩萨，全是多情的种子，他们在无情的业障人世之中，因烦恼生起菩提之心。然后体会到一切有情都会被无情所恼，思有以解脱，心性与眼界大开，看到世间的美与苦难并存的，正如青山与我并无分别。最后宁可再跃入有情的洪炉，不畏任何障碍，为了留一点清白在人间。

一个人格境界的确立正是如此，是在有情中打滚、提炼，终至永保明觉，观照世间，那时才知道什么叫作"蓦然回首"了。

唯有清明的心，才体验到什么是真实的美。

唯有不断地觉悟，才使体验到的美更深刻、广大、雄浑。

也唯有无上正觉的人，才能迈向生命的大美、至美、完美与绝美呀！